AF237556

DAS DORF DER JUNGEN ALTEN

Adaption des gleichnamigen Drehbuches
von Stefan Eduard Krenn aus 2014.

Mit besonderem Dank an meine Schwester Birgit.

Die Deutsche Nationalbibliothek verzeichnet diese
Publikation in der Deutschen Nationalbibliografie;
detaillierte bibliografische Daten sind im Internet über
http://dnb.dnb.de abrufbar.

Herstellung und Verlag:
BoD – Books on Demand, Norderstedt

ISBN: 9783752899108

Junge werden von alleine alt,
Alte können jedoch jung bleiben.

I.

Langsam wird es Morgen.

Die Sonne schimmert bereits durch die höchsten Baumspitzen im Wald und weckt nach und nach die Vögel, die bereits äußerst beflügelt mit ihrem täglichen Konzert beginnen und ihre Kehlchen einsingen.

Eine alte Bahnstrecke zieht sich in einer weiten Kurve zwischen zwei Waldstücken hindurch. Von einem zum andren, also von Nord nach Süd, und quer zu dieser Bahnstrecke schlängelt sich wiederum eine kleine Straße. Mitten in der Waldöffnung scheinen sich die Straße und die Bahnstrecke wie ein großes X zu treffen.

Fetzen von Bodennebel heben sich und wandern umher. Die letzten Stunden waren sehr ruhig, nun stört ein dumpfes Motorbrummen das Idyll. Ein Auto. Hochtourig und immer lauter werdend, je näher es an die Bahnstrecke kommt. Als es das nördliche Waldstück verlässt, dreht es weiter hoch und einige Meter vor den Schienen bremst es quietschend ab. Nach kurzem Bremsweg bleibt das kleine, schon etwas ältere Vehikel, direkt auf den Schienen stehen.

Die klapprige Türe wird aufgestoßen, eine Gestalt tritt hervor. Verhüllt in einem schwarzen Umhang. Eine junge Frau liegt regungslos auf dem Rücksitz. Die Gestalt beugt sich zurück ins Auto bis zum

Beifahrersitz, wo ein junger Mann, ebenso ohne jegliche Regung, wie ein Sack Kartoffeln lümmelt.

Er packt den Beifahrer fest am Gewand, mit Kraft und Schwung zerrt er ihn ruckweise auf den Fahrersitz. Der leblose Mann hat einen Blutfleck auf Brusthöhe, sieht ansonsten eher aus, als würd er friedlich schlafen.

Sogleich sind seine Beine auf die Pedalen gestellt, die eine Hand auf dem Lenkrad platziert, die andere auf dem Schaltknüppel. Von weitem ist ein Zug zu hören. Die Gestalt sieht hoch über das Autodach. Hinter den Bäumen ist bereits das Frontlicht des Zuges zu erkennen, der sich gemächlich auf der alten Strecke nähert und in den verbogenen Schienen hin und her wiegt.

Im Zug ist es laut, es knirscht von den Schienen hoch und ein kleines Radio ist zwischen all dem Lärm immer wieder einen Augenblick lang zu hören. Es ist dunkel im Führerhäuschen, nur das Licht der Armaturen lassen das kantige Gesicht des Zugführers erahnen.

Er durchsucht seine Taschen. Als er findet, was er sucht, bleibt er damit in der Tasche hängen. Immer wieder zieht er daran, bis er mit Wucht seine Hand mit einer Zigarettenpackung aus der Tasche befreit. Sein Kopf schimmert vor Aufregung rot. Schnell zieht er eine Zigarette aus der Packung und zündet sie an. Sichtlich entspannter sieht er mit der Zigarette im Mund wieder nach vorne.

Der Zug ist bereits recht nahe. Die Kapuzengestalt schlägt die klapprige Türe des Autos zu. Die alte Dieselmaschine des

Zuges wird immer lauter und es dauert nicht mehr lange, bis das Frontlicht das Auto ausleuchtet.

Die dunkle Gestalt zieht sich zurück. Auf der Straße in Richtung nördliches Waldstück braucht es nur einige Meter bis die dunkle Silhouette in dem noch dunkleren Unterholz des Waldes verschwindet.

Der Zugführer zieht kräftig an der Zigarette und behält diese zwischen den Lippen, während er kratzig ausatmet. Er hebt seine Hände vor die Brust und lässt die Finger ineinander gleiten. Ruckweise beginnt er, die Finger knacksen zu lassen und im nächsten Augenblick legt er eine Hand ruhig auf die rote, breite Notbremse.

Auf seiner Hand ist eine Frau tätowiert, gezeichnet wie ein Comic aus den fünfziger Jahren. Blonde Haare, knallrote Lippen und eine üppige, überzeichnete Figur in verführerischen Pose und gepackt in etwas, das eine Uniform sein könnte. Dazu ein breites, verschmitztes Lächeln.

Nun haben die Scheinwerfer des Zuges das kleine Auto endlich entdeckt. Der jungen Mann am Fahrersitz wird von der Seite angeleuchtet. Weiterhin keine Reaktion.

Der Zugführer umklammert mit seiner Hand nach wie vor die Notbremse. Stumm fällt Asche von der Zigarette hinunter auf die Armaturen. Sein Blick ist nach vorne versteinert. Er atmet tief ein, um dann den Atem angespannt in seiner Brust festzuhalten.

Der Zug ist nur mehr ein paar Meter vom Auto entfernt, das Frontlicht spiegelt sich am Autodach. Im nächsten Moment reißt der Zug das Auto ohne jegliche Mühe mit sich. Glas klirrt und das kleine Auto verbiegt sich, als wäre es aus Gummi.

Im Zugführerhäuschen wartet der Zugführer noch ein paar Takte aus dem Radio.

»Ups.«

Er betätigt die Notbremse und die Eisenräder schlagen Funken, während der Zug allmählich langsamer wird. Es dauert, bis er mit einem letzten, trägen Ruck stehen bleibt. Die angehängten Waggons stoßen an den Kupplungen zusammen und beruhigen sich allmählich. Der Zugführer atmet kräftig aus. Auch die Lokomotive scheint kräftig auszuatmen.

Laut stampfend auf der Holztreppe kommt die Wirtin aus dem Vorraum des Wirtshauses hoch in den ersten Stock. An der ersten Türe rechts nach der Treppe lauscht sie. Die Wirtin ist einfach gekleidet, dicklich und ihre bereits schütteren, dafür fettigen Haare sind streng nach hinten gebunden. Ihr Gesicht ist gezeichnet und es ist wohl eine Zeitlang her, dass sie ansatzweise glücklich ausgesehen hat. Ihr Gesicht wirkt fast aussagelos, um es weder positiv noch negativ zu werten.

Dann klopft sie leise an, die Türe öffnet sich sofort einen Spalt. Neugierig blitzt sie erst mit dem einen, dann mit beiden Augen in das Gästezimmer.

Schummrig erklimmt ein wenig Licht den Raum und sie erkennt, dass das Bett aufgewühlt ist. Das Zimmer wirkt leer. Sie öffnet die Türe bis zum Anschlag und sieht noch ein paar weitere prüfenden Sekunden in den Raum hinein.

»Sauerei!«
Wütend dreht sie sich um und stampft die Treppe wieder
hinunter.

Ihr Mann, der Wirt, sitzt mit einem Kaffee und der
Tageszeitung in der Gaststube. Sein Blick ist stets derart
unmotiviert, als hätte er bereits alles schon mindestens
einmal gelesen, gesehen, gehört oder gemacht.

Auch er ist stärker gebaut – möglicherweise stärker
geworden über die Zeit –, seine grauen Haare und die gut
verteilten Löcher in seinem Gewand sprechen das ihrige.

Die Wirtin kommt in die Gaststube, lehnt sich ermüdet
vom Treppensteigen an die Theke und sieht ihren Mann an.
　　»Die sin weg. Ohne bezahlen.«
Der Wirt braucht, bis er endlich von der Zeitung hoch zur
Wirtin schaut. Die von ihr erwartete Reaktion bleibt aus.

Mit einem Murren als Zusatz hebt sie die Schultern
ruckartig, um ihren Mann zum Reden zu bringen. Auch das
nutzt nichts. Der Wirt dreht sich sehr langsam zum Fenster
und blickt über die recht gepflegten Blumen hinweg hinaus
in den Hof.
　　»Dos Auto is a weg.«
Er dreht sich genauso langsam wieder zur Wirtin um, die
den Kopf schüttelt und nun noch wütender wirkt. Ihr Blick
schweift über die Theke, sie greift nach dem Geschirrtuch,
das vor ihr liegt.
　　»Was tät i nur ohne di ...«
Schwungvoll wirft sie sich das Geschirrtuch über ihre
Schulter und verlässt die Gaststube, dabei murmelt sie
Unverständliches.

Der Wirt sieht ihr einen Augenblick nach und widmet sich dann wieder seiner Zeitung. Er hat den Witz des Tages noch nicht ganz verstanden.

II.

Mitten im Wald.

Viele Laubbäume, es ist hügelig und der Boden durchgehend mit abgefallenen, braunen Blättern bedeckt. Es ist noch sehr ruhig, obwohl die Vögel mittlerweile aufgewacht sind und schreien, als würden sie sich gegenseitig von ihren Träumen erzählen.

In einer der vielen breiten Furchen zwischen den Hügeln bewegt sich etwas. Bedeckt von Blättern und Dreck erwacht Jakob. Er ist nass vom Tau und voll mit Erde. Ausgekühlt von der Nacht setzt er sich starr auf. Sein Atem stockt vom Zittern, das seinen ganzen Körper durchschüttelt.

Weißer Hauch bildet sich vor seinem Mund, wenn er ausatmet. Neben dem Dreck klebt Blut im Gesicht, das sich auch in seinen hellbraunen Haaren angesammelt hat. Das Blut stammt wohl von seinem aufgeschürften Ohr.

Sein Blick durchsucht die Umgebung. Er weiß nicht so recht, wo er ist und was er hier macht. Er drückt seine Hände auf das Gesicht und wischt sich kräftig die Augen aus. Langsam kommen Erinnerungen zurück, die ihn erschrocken nochmals die Gegend absuchen lassen.

Er ist eindeutig alleine. So schnell wie er kann, steht er auf, orientiert sich erstmal. Ringsumher nur Boden, Bäume und zwischen den Ästen über ihm der blauer Himmel. Nichts Menschengemachtes zu erkennen.

Sein Hemd ist an mancher Stelle zerrissen, er öffnet die Knöpfe und schwankt dabei, als hätte er letzte Nacht eine paar Bier zu viel gehabt.

Durch das Hemd kommt eine kugelsichere Weste zum Vorschein, die einige aufgerissene Stellen an der Vorderseite zeigt. In einem der Löcher steckt noch eine Patrone, die Jakob herauszieht. Dabei bemerkt er den Schmerz unter der Weste und verzieht sein Gesicht. Er hebt die vom Aufprall gequetschte Patrone hoch, sieht sie kurz an und lässt sie dann in seiner Hosentasche verschwinden.

Als er die Weste ganz auszieht, kommen große blaue Flecken zum Vorschein. Immer dort, wo auch die Weste getroffen wurde. Er ist kräftig und gut gebaut, doch die Wucht der Patronen gleicht der Wucht eines Hammers, den man auf die Brust geschlagen bekommt. Wohl aus kurzer Distanz abgefeuert, denkt er sich.

Noch unsicher, was tatsächlich geschehen ist, baut er sich zumindest aus den wenigen Informationen zusammen, was möglicherweise geschehen ist. Mehr und mehr Erinnerungen kommen zurück ins Gedächtnis und mit jedem Gedanken, ahnt er weniger Gutes.

Er wirft die Weste auf den Boden, zieht sich sein Hemd wieder an und stapft dabei den nächsten Hügel hoch. Dabei bleibt er nochmals stehen und blickt zurück auf die schusssichere Weste mit den Einschusslöchern.

Er ist dankbar, sie gehabt zu haben, aber gerade auch unschlüssig, ob es eine gute Idee ist, sie zurückzulassen. Die ärgste Gefahr sollte nun bereits hinter ihm liegen. So denkt er es sich und stapft durch das dichte Laub am Boden.

Um eine bessere Übersicht zu erhalten, geht er bergauf. Er hat keine Ahnung, wo er ist und wohin er gehen soll.

Nach einiger Überlegung entscheidet er sich intuitiv für eine Richtung und folgt dieser. Es könnte aber auch Zufall sein.

III.

Ein abgetragenes, buntes Paar Sandalen steht am Anfang einer Treppe, die jemand recht flott nach unten rennt. Barfuß schlüpft er in die Sandalen und lässt eine Kutte drüber fallen, die das Schuhwerk gänzlich verdeckt. Es ist der Pfarrer, ein unscheinbarer und ruhiger, älterer Herr.

Er geht hinaus ins Freie und die Einfahrt hinunter bis zum Gartenzaun, schnappt sich gekonnt die Zeitung aus dem Postkasten und überfliegt mit seinem guten Auge die erste Seite. Das anderes ist grau unterlaufen, darüber und darunter eine alte Wunde, die das Auge quert. Plötzlich wird er gestört.

Sirenenklänge aus nördlicher Richtung kommen stetig näher, der Pfarrer dreht sich erschrocken und fast zitternd nach hinten, bis er zwei Polizeiautos erkennen kann. Mit stockendem Atem und einem sichtbar unguten Gefühl sieht er den Autos hinterher, als sie an ihm vorbeisausen.

Noch bevor die Sirenen weit genug weg sind, um wieder zur Ruhe zu kommen, drückt er die Zeitung fest unter seinen linken Arm, mit der rechten Hand fasst er schwungvoll unter die Kutte und zieht einen Flachmann hervor. Mit zittrigen Händen schraubt er diesen auf, nimmt einen Schluck und atmet darauf mit starrem Blick den Sirenen nach.

Mitten in dem idyllisch wirkendem Dörfchen, direkt an der Durchfahrtsstraße, im sporadischen Gastgarten mit billigen Gartenmöbeln des einzigen, sporadischen Cafés, sitzt der

Herr Bürgermeister bei seinem Morgenkaffee und studiert die Zeitung. Ein fülliger Mann und immer gut gekleidet. Er führt seine Tasse hoch und setzt an, als die zwei Polizeiautos um die Ecke schnellen. Mit Getöse fahren sie an ihm vorbei. Die Kaffeetasse noch im Anschlag sieht er den Autos nach, bis er dann einen ruhigen Schluck davon nimmt.

Aus dem Café kommt die kleine, stämmige Besitzerin von eben diesem. Sie sieht wie immer mürrisch aus, blickt den Polizeiwägen nach. Danach visiert sie den Bürgermeister, der ihren Blick nicht sieht, aber durchaus auf seinem Hinterkopf spüren kann. Räuspernd atmet er nochmals durch, wirkt dabei genervt und legt die Zeitung mit einem Klatsch auf den Tisch. Er leert den Kaffee mit einem Ruck.

Nachdem er aufgestanden ist, zupft er sein Gewand zurecht und geht an der Café-Besitzerin vorbei, die weiterhin stumm und missmutig schaut. Ihr Blick beruhigt sich ein wenig, als sie das Kleingeld am Tisch sieht, das der Bürgermeister hinterlassen hat.

Ein älterer und strubbeliger Herr im zerknitterten Gewand sitzt in der Sonne und seine Augen wandern wahllos am Boden umher. Als die Polizei an ihm vorüber rauscht, sieht er überrascht in den blauen Himmel.

»Komisches Wetter.«

Reißend hakt ein alter, großer Mann mit Schweiß auf der Stirn im Gemüsegarten. Er wischt sich seine silbernen Haare zurück und blickt hinunter auf die Straße, auf der die Polizeiautos auch an ihm vorbeikommen. Sein Haus ist das letzte im Dorf am Südende. Danach preschen die Polizisten an einer Wiese entlang, bis sie mit der Straße im Wald verschwinden. Der große alte Mann hat ein Stofftuch hervorgezogen, tupft sich den Schweiß von der Stirn und blickt den Autos länger nach, als sie eigentlich zu sehen sind.

Jakob kommt langsam und sichtlich vorsichtig um die Ecke eines Hauses in demselben idyllischen Dörfchen. Noch ein paar Schritte und er befindet sich an der Durchfahrtsstraße, auf der wenige Momente zuvor die Polizeiautos vorbeigefahren sind. Er blickt hin und her, es ist kein Mensch zu sehen oder zu hören. Die Durchfahrtsstraße geht auf der Nordseite bergauf, biegt sich durch das Dorf zu einem großen S. Zumindest soweit man es aus dieser Position ahnen kann.

Wieder entscheidet er sich für eine Richtung, wandert die Straße bergab an Häusern vorbei, die allesamt leer wirken. Der Zustand der Häuser ist aber nicht schlecht, sogar Blumen wachsen und blühen in den Fenstertrögen, die eindeutig von Menschenhand gezähmt und gezogen wurden. Nur ein Gebäude scheint sehr heruntergekommen zu sein. An der vernachlässigten Fassade lässt sich das Wort Schule gerade noch entziffern.

Als Jakob das Café entdeckt, geht er schnurgerade darauf zu und setzt sich in den Gastgarten. Er ist sich sicher, dass jemand hier sein würde. Die Türe ins Café ist geöffnet und es entwischt ländliche Musik nach draußen: Schlager, die nicht ganz Jakobs Sache sind.

Nachdem er es sich gemütlich gemacht hat, sieht er sich – langsam entspannter – um. Auf der anderen Straßenseite stehen die Wirtin und der Wirt, starren ihn regelrecht an. Vorerst ist er überrascht darüber, die beiden doch recht korpulenten Personen nicht eher entdeckt zu haben. Als verschmölzen sie mit der Umgebung. Anspannung und ein ungutes Gefühl kehren in seine Gebeine zurück.

Sein Blick war längst in die andere Richtung gewandert. Als er nochmal zu ihnen späht, stapfen die beiden langsam ins Wirtshaus zurück. Verwundert sieht Jakob ihnen nach, bis er jemanden neben sich bemerkt und erschreckt. Im ersten Moment erkennt er nur einen runden Körper, der Blick nach oben offenbart das mürrische Gesicht der Café-Besitzerin.

»Wo hat man Sie denn ausgegraben?«
Trotz des kurzen Schreckens ist Jakob sofort wieder in der Gegenwart und spricht langsam und sicher.

»Ihnen auch einen guten Morgen.«

»Bilden Sie sich nicht ein, dass Sie in dem unsauberen Aufzug auch nur einen Schritt in mein Café setzen dürfen.«
Sie spricht zwar hochgestochen, man merkt allerdings sofort, dass es eigentlich nicht ihre Art zu sprechen ist. Bei Fremden tut sie das womöglich von Haus aus.

»Solange Sie mir die Bestellung rausbringen.«

»Haben Sie überhaupt ein Geld?«
Jakob fasst tief in seine Hosentasche und zieht ein paar Münzen – verklebt mit Erde und Blättern – heraus, die er auf dem Tisch präsentiert.

»Geld stinkt ja nicht«, versucht er zu beruhigen.

»Aber dreckig ist es schneller als man denkt.«
Sie überfliegt die paar Münzen.

»Das reicht gerade einmal für einen halben Kaffee.«
Jakob nickt die Münzen an, blickt dann hoch ins Gesicht der Café-Besitzerin und sagt extra freundlich:

»Ich bitte darum!«

Einmal tief schnaufend und untermauert mit einem kurzen Brummen zum Ende hin, stöckelt sie in das Café zurück.

Jakob kennt diese Art von Menschen und auch wenn er kein großer Freund davon ist, findet er sie doch irgendwie und auf eigenartige Weise charmant. Hier ist der Kunde nicht König. Vielmehr müsste er sich fast entschuldigen, weil er die Frau- und Herrschaften stört.

Im Café schaltet die Besitzerin die Kaffeemaschine ein, holt Milch aus dem Kühlschrank und knallt sie auf den Tresen direkt neben das Telefon. Dann hebt sie den Hörer und wählt.

Nicht weit vom Café entfernt sitzt der Bürgermeister an seinem Schreibtisch und wird vom Telefonklingeln abrupt gestört.

»Ja?«, fragt der Bürgermeister knackig. Die Café-Besitzerin am anderen Ende jammert lautstark in den Hörer.

»Da sitzt a dreckiger, junger Mann ohne Geld vorn in mein' Gastgarten.«

»Auf meinem Platz?«

»Nein.«

»Ich habe zu tun.«

»Du bist da scheiß Bürgermeister! Also kümmer di gefälligst um die Leute in deinem Dorf!«

Mit einem Mal sitzt er sofort aufrechter da und seine Stimme trifft einen tieferen, stämmigen Ton.

»Jetzt reiß dich zusammen, Irmi! Ich komme in ein paar Minuten runter und dann schauen wir weiter.«

Er knallt den Hören zurück aufs Telefon. Mürrisch räuspert er sich, fährt sich mit einer Hand durch die Haare und blickt sein Gegenüber wieder an.

»Wo waren wir?«

»Wie gesagt: Wir sehen zu, dass der Unfallort so schnell wie möglich geräumt wird. Kann nicht lange dauern.«

Ein Polizist steht vor ihm, ein zweiter steht daneben und ergänzt ungefragt.

»Vor allem, weil die beiden Trotteln eh tot sind.«

Der erste Polizist mustert den zweiten mit einem Blick, der mehr als tausend Worte sagt.

»Was denn? Wenn man es schafft, auf einer Bahnstrecke mit zwei Zugfahrten pro Tag draufzugehen, dann – so leid es mir tut – sind das in meinen Augen Trotteln.«

Der erste Polizist nimmt das nicht so locker.

»Verschwinde nach draußen. Und wenn du heute nochmal das Maul aufmachst, wirst du im nächsten Monat Knödeln verteilen.«

Sichtlich beleidigt, aber stumm, verlässt der zweite Polizist den Raum. Der Bürgermeister unterbricht die ungute Stimmung gleich.

»Also soll ich jetzt rauskommen? Zum Unfallort?«

»Nein, schon gut«, findet der Polizist, »Tun Sie mir nur einen Gefallen und sagen Sie vorerst nichts zur Zeitung, sollte jemand auftauchen.«

Der Bürgermeister nickt, steht auf und reicht ihm die Hand.

Er weiß genau, was damit gemeint ist. Die Regionalmedien reißen sich gerne um solche Storys und spielen diese hoch auf Teufel komm raus, weil hier einfach nicht sehr viel passiert.

»Sicher, kein Problem.«

IV.

Mit stolzem Gang und angespanntem Blick spaziert der Bürgermeister kurz nachher die Durchfahrtsstraße hinunter zum Café. Als die Wirtin ihn vom Gasthaus aus durchs Fenster sieht, schnellt sie zur Eingangstüre und ruft ihm zu.

»Die jungen Gäst sin verschwundn, noch bevor sie das Zimmer zahlen hab'n können!«

»Die hab'n den ersten Zug g'nommen.«

»Wos hob'n sie?«

Der Bürgermeister bleibt stehen.

»Wos willst denn jetzt von mir?«

»I sog nur, dass das nit fair is! Du waßt ja wie das is.«

»Wos ist nicht fair? Scheiß doch auf das bissal Geld. Hier geht's immerhin um äußerst wertvolles Menschenleben!«

Noch bevor der Bürgermeister sich umdrehen kann, setzt die Wirtin barsch nach.

»Zwa. Es geht um zwa Menschenleben.«

Der Bürgermeister schenkt ihr einen weiteren unmissverständlichen Blick und setzt seinen Weg fort.

Auf der einen Seite ist er schon stolz auf sein kleines Dörfchen irgendwo im Nirgendwo. Auf der anderen Seite hat er sich wohl schon viel zu lange um viel zu viele Dinge gekümmert und nun glauben alle, er ist für jede Kleinigkeit zuständig.

Der Kaffee ist gerade fertig und die Café-Besitzerin will nach draußen, da bleibt sie stehen und blickt auf die bis fast obenhin volle Tasse. Sie dreht sich zur Spüle, schüttet die

Hälfte weg und wischt die Spuren mit einem dreckigen Geschirrtuch ab. Prinzipien sind Prinzipien.

Draußen angekommen, knallt sie Jakob den halben Kaffee vor die Nase.

»Dafür gibt es aber auch nur halbes Trinkgeld.«
Die Café-Besitzerin versucht, einen Moment lang süffisant zu lachen, was nicht ganz funktionieren will. Sie zieht es vor, die Münzen vom Tisch zu zählen und lässt die für sie zu wenig wertvollen liegen.

»Sie können gerne alles nehmen, was ich hab.«

»Das kann ich doch nicht annehmen, der Herr!«, schießt sie in einem Ton zurück, mit dem sich Jakob wohlfühlt, weil er ihn aus der Stadt kennt. Nicht wirklich freundlich, zumindest irgendwie heimisch.

Schon auf die Weite sieht Jakob den Bürgermeister, weil der sich nicht gerade geschmeidig wie ein Kätzchen fortbewegt. Er ist außer Atmen und sichtlich bemüht, sich das nicht anmerken zu lassen. Nach einigen beschwerlichen Schritten bleibt er vor Jakob stehen und mustert ihn von oben bis unten und von unten bis oben.

»Haben wir uns verlaufen?«

»Da bin ich mir nicht ganz sicher.«
Der Bürgermeister nickt fraglich.

»Was soll das genau heißen?«

»Dass ich mir nicht sicher bin, wie ich hier gelandet bin.«

»Also Sie haben kein Geld, dafür schmutziges Gewand und Blut im Gesicht. Und Sie wissen nicht, warum Sie da sind.«

»Klingt, als würd sowas öfters passieren.«

»Ich mache Ihnen einen Vorschlag. Sie trinken jetzt ihren Kaffee ...«

»Halben Kaffee.«

Der Bürgermeister sieht zur Café-Besitzerin, die unschuldig ihre Schultern hebt.

»Er hot net genug Geld. I bin do net die Wohlfahrt.«

Er brummt missmutig und widmet sich wieder Jakob.

»Also den halben Kaffee, ich leg noch einen halben Kuchen drauf und sollten Sie bis zum Abend immer noch nicht wissen, was los ist, können Sie sich drüben im Wirtshaus ein Zimmer nehmen.«

Der Bürgermeister sieht ihn wartend an.

»Gut.«

Irgendwie hat er mehr Euphorie erwartet. Womöglich hat der Junge einen Schock oder Ähnliches, kommt ihm dann in den Kopf.

»Sollte Sie vielleicht doch ein Arzt anschauen?«, fragt der Bürgermeister sicherheitshalber.

»Nein, ich bin in Ordnung.«

»Schaut aber nicht so aus. Wir haben einen Mann im Dorf, der Sie zumindest kurz durchchecken wird, ob wirklich nichts Gröberes ist. Einverstanden?«

Jakob nickt. Dann dreht sich der Bürgermeister zur Café-Besitzerin.

»Und jetzt hätten wir gern eineinhalb Kuchen.«

Nach dem Frühstück spazieren der Bürgermeister und Jakob bis an den Südrand des Dorfes, wo das Haus des alten Mannes steht, der wohl sowas wie der Dorfarzt sein muss. Noch bevor sie das Grundstück erreichen, kommt der alte Mann nach draußen und ihnen entgegen. Der

Bürgermeister und Jakob bleiben stehen, nur wenige Schritte vor der Grundstücksgrenze.

»Guten Morgen! Hast du kurz Zeit?«
Der alte Mann scheint keinen Dialekt zu haben und der Bürgermeister redet mit ihm auch eher hochdeutsch.

»Was gibt es?«

»Der junge Herr hier ist ein wenig ramponiert. Schau ihn dir doch bitte an und check ihn durch.«
Jakob wird wieder von oben bis unten gemustert.

»Geht in Ordnung.«
Mit einer Handbewegung weist er Jakob den Weg zur Eingangstüre. Jakob nickt freundlich, geht an ihm vorbei. Der Bürgermeister kommt dem alten Mann recht nah, um ihn ins Ohr zu flüstern.

»Er ist noch nicht so alt. Vielleicht geht es noch.«

»Ja ja, ich weiß schon!«, winkt der alte Mann ab und verschwindet flugs zurück in seinem Haus. Der Bürgermeister schaut ihm gedankenverloren hinterher und macht sich dann auf den Weg zurück ins Dorf. Der Alte wird schon wissen, was er tut.

Jakob sitzt mit freiem Oberkörper auf einem kleinen, doch recht massiven Tisch im Vorraum des Hauses. Sieht sich um. Das Haus scheint älter zu sein und doch recht gut in Schuss. Am Boden entdeckt er Schmutz und getrocknete Wasserflecken. Wie Fußspuren.

Jakobs Blick folgt ihnen, die Spuren enden direkt an der Mauer. Als wäre jemand mit nassen und dreckigen Schuhen hier entlang und dann direkt durch die Mauer gelaufen. Auch komisch, denkt er sich.

Der alte Mann kommt aus einem der Zimmer, drückt Jakob ein paar Klamotten in die Hände.

»Alt, aber sauber und trocken.«

»Danke«, antwortet Jakob und zieht sich um.

»Waren Sie früher Arzt?«

Der alte Mann schüttelt den Kopf.

»Nicht direkt. Ich konnte im Krieg einiges an Erfahrung sammeln. Da ging es oft wild zu. Zumindest die Grundlagen und das Notwendigste.«

»Was haben Sie genau gemacht?«

Der alte Mann wirkt einen Moment lang recht schwermütig. Jakob zieht das Hemd an, das, wie angekündigt, älter wirkt. Der Stoff ist weich und ein wenig vergilbt.

»Schon komisch, dass Sie nicht wissen, woher die vielen blauen Flecken kommen.«

Er hat die vielen blauen Flecken auf Jakobs Oberkörper gesehen, sie aber nicht in die Kategorie Angeschossen eingeordnet. Eher ein Autounfall. Sowas in der Art.

»Wahrscheinlich hab ich auch eine auf den Kopf bekommen.«

»Dann müssten Sie ja eine Wunde am Kopf haben oder zumindest eine Beule. Da sind aber nur ein paar Schürfwunden.«

»Dann muss ich wohl auch nicht ins Krankenhaus, oder?«

»Naja. Bei uns geht man sowieso nur aus zweierlei Gründen ins Krankenhaus: Wenn man sich unabsichtlich einen Fuß abgeschnitten hat, oder um jemanden zu besuchen, der sich unabsichtlich den Fuß abgeschnitten hat.«

Jakob versteht und grinst.

»Und für alles andere sind Sie zuständig?«

Der alte Mann hebt kurz die Schultern.

»Soweit meine Hausmittelchen reichen.«

Ein bisschen sonderbar kommt ihm der Alte schon vor. Aber das ist ja öfters so bei Menschen, die lange alleine leben. Jahr für Jahr, Jahrzehnte womöglich. Wer weiß, was der schon alles erlebt hat. Gesehen hat. Und getan hat. Oder auch tun musste, im Krieg.

Jakob kann nicht festmachen, was ihn an dem Alten stört und genauso wenig kann er sagen, dass alles mit ihm in Ordnung wäre. Einfach ein komisches Gefühl. Wie das Gefühl, wenn jemand einen Raum betritt und da einfach nicht hingehört. Vielleicht auch in keinen anderen Raum. Außer seinem eigenen, sozusagen.

»Danke nochmals!«, verabschiedet sich Jakob, steht dann auf und verlässt das Haus über den quietschenden Holzboden.

V.

Jakob geht vom vermeintlichen Dorfarzt die Hauptstraße
entlang bis ins Dorfzentrum. Vor dem Café steht ein kleines
Auto, leicht schräg und nicht allzu gut geparkt. Das stört im
Allgemeinen offenbar nicht, da hier sowieso kaum Verkehr
herrscht. Immerhin ist es das erste Auto, das Jakob
überhaupt auf der Straße sieht.

Vorm Café sitzt der Bürgermeister, mit einer frischen Tasse
Kaffee und einem Mittzwanziger, der vor ihm steht und mit
dem er diskutiert. Verstehen kann er die beiden nicht, doch
den neugierigen Blick des jüngeren Gegenübers bemerkt
Jakob sofort. Er bohrt seine Fragen regelrecht in das Gesicht
des Bürgermeisters, der wiederum nicht sonderlich
interessiert scheint und eher versucht, auszuweichen.

Das mag daran liegen, dass sein Gegenüber ein Reporter für
eine Regionalzeitung ist, wie Jakob bald herausfinden wird.
     »Ich darf nicht darüber reden«, meint der
Bürgermeister und fühlt sich schon belästigt.
     »Sie tun ja gerade so, als wärs ein Geheimnis.«
     »Und Sie, als wärs eine große Sache.«
     »Wenn es das nicht ist, was ist es dann?«
     »Ein Unfall. Nichts weiter«, meint der
Bürgermeister fast gelangweilt, weshalb er noch nachsetzt,
»wenn auch schrecklich.«
     »Ein Unfall mit Todesfolge. Der wievielte in den
letzten zwölf oder vierundzwanzig Monaten?«
Der Bürgermeister bläht sich auf, um größer zu wirken.
     »Jetzt hören Sie mir mal gut zu, Bürschchen. Wenn
Sie weiterhin versuchen, aus der Sachen mehr zu machen als

sie ist und einen Schuldigen an den Haaren herbeiziehen wollen, dann werden Sie ...«

»... einen Unfall haben?«

Der Bürgermeister steht erbost auf und schaut ihn aus finsteren Augen von oben herab an.

»Ich war Ihnen gegenüber jederzeit kooperativ und das ist der Dank dafür? Falsche Beschuldigungen und Nachrede?«

»Was regt Sie denn so auf?«

»Ich kann nichts dafür, wenn irgendwelche Halbwüchsigen mit dem Auto durchs Land fahren, in einem Zimmer übernachten, das sie nicht bezahlen, und dann in offensichtlicher Panik flüchten und dabei von einem Zug erfasst werden.«

Kurz lässt der Bürgermeister das Gesagte sickern und atmet dabei kräftig durch.

»Sie sollten lieber die Jugendlichen fragen, warum sie überhaupt in unserer Gegend kommen. Ziehen sich an wie Holzfäller aus dem letzten Jahrhundert und glauben der Natur nah zu sein, wenn sie mal zwei Tage aus der Stadt draußen sind. Keinen Plan von nichts. Das einzige, was sie wirklich haben, ist ihre Jugend und diese verdammten Fotohandys, mit denen sie jeden Scheißdreck dokumentieren und so tun, als wäre unser Dorf ein Museum mit Wachsfiguren aus dem letzten Jahrhundert. Und jetzt entschuldigen Sie mich.«

Sichtlich aufgeregt und mit rotem Haupt zieht der Bürgermeister davon und wirft schnell noch ein paar Münzen auf den Tisch. Die hatte er schon vorbereitet.

Der Reporter lässt ihn ziehen, ist auch nicht sonderlich beeindruckt von seiner Aufführung. Sogleich kramt er seinen Notizblock hervor und schreibt etwas auf:

»Wieso haben die das Zimmer nicht bezahlt ...«

Er überblickt konzentriert seine Aufzeichnungn. Als er wieder aus der Gedankenwelt auftaucht, sieht er sich um und entdeckt Jakob, der langsamer gegangen war, um das Geschehen zu verfolgen. Der Reporter geht schnurstracks hinüber zu Jakob.

Der erwartet den etwas kleingewachsenen bereits und noch bevor sie sich gegenüberstehen, wirft er Jakob die erste Frage entgegen.

»Wo kommen wir den her?«

»Was?«

»Dich hab ich hier noch nie gesehen.«

»Ich dich auch nicht.«

»Du bist nicht von hier, oder?«

»Offensichtlich.«

»Was war heute Morgen hier los?«

»Woher soll ich das wissen?«

»Dann hast du nichts vom Unfall mitbekommen?«

Als der Reporter Unfall sagt, hebt er die Hände, macht mit seinen Fingern Gänsefüßchen und spricht das Wort dementsprechend langsam und betont. Vielleicht etwas übertrieben, er will wohl auf Verständnis stoßen.

Jakob weiß aber tatsächlich nichts und bleibt stumm, hebt nur eine Sekunde die Schultern und schüttelt leicht den Kopf.

»Ein junges Pärchen ist vor einen Zug gefahren, knapp außerhalb des Dorfes. Angeblich!«

»Angeblich vor einen Zug gefahren oder angeblich vor dem Dorf?«

»Lustig. Wortspiele.«

»Also glaubst du nicht an den Unfall. Sondern?«

»Naja, Unfälle passieren jeden Tag. Keine Frage. Seit zwei Jahren berichte ich nun aus der Region für unsere Zeitung und wie man sich vorstellen kann, passiert hier nicht allzu viel. Da stechen tödliche Unfälle schon aus den typischen Katze-sitzt-auf-einem Baum-fest-Geschichten heraus.«

»Die armen Viecher.«

»Als wären sie nicht dafür geschaffen, einen Baum auch wieder herunter zu klettern.«

»Von wie vielen Unfällen reden wir hier?«

»Wesentlich mehr als es sein sollten, geht man nach der Statistik. Alle im Umkreis von etwa zehn bis fünfzehn Kilometern.«

»Gab es keine Ermittlungen?«

»Natürlich gab es die. Nur … was wie ein Unfall aussieht, wird wohl auch ein Unfall sein«, er legt eine kurze Pause ein, »Nicht wahr?«

Jakob bleibt wieder stumm. Natürlich ist das, was der Reporter sagt, kein Beweis für irgendetwas. Trotzdem klingeln bei Jakob sämtliche Alarmglocken, wenn auch nur sehr leise fürs Erste. Verdächtig klingt es auf jeden Fall. Der Reporter fragt weiter:

»Wie lange bist du schon hier?«

»Seit heute Morgen.«

»Du wirst es noch nicht bemerkt haben, aber irgendetwas stimmt in diesem Dorf nicht. Irgendwie ist es, als hätte Gott persönlich die Gegend verlassen und ist damit recht zufrieden.«

Beide sehen die Straße hinunter zu einer kleinen, leicht verfallenen Kapelle. Wind zieht trockenes Laub über die Straße und es herrscht eine drückende Stimmung. Wie eine Klischee-Szene, die man aus Filmen kennt.

»Religiös?«, fragt Jakob leicht verwundert.

»Nicht wirklich, aber wie oft kann man sowas schon sagen und es passt so gut.«

»Man muss nicht gleich übertreiben«, meint Jakob und fährt fort mit erklärenden Möglichkeiten.

»So kleine Dörfer in der Provinz sind immer gerne eigen und strahlen oft etwas Beklemmendes aus. Vor allem gegenüber Fremden.«

»Tatsache? Und das erklärst du übrigens einem Provinz-Reporter, der mehr kleine Dörfer, mehr eigenartige Dorfnamen und eigenartige Dorfmenschen kennt als jeder andere?«

»Da wären ein paar Beispiele hilfreich.«

»Na gut, wie wäre es mit Prottes, Dürnkrut, Modsiedl, Schandachen oder Oberallfang?«

»Naja.«

»Saudorf und Unterstinkenbrunn gibt es auch, aber das tut jetzt wirklich nichts zur Sache.«

Jakob grinst.

Der Reporter hebt seinen Block, überblickt wieder seine Notizen. Dabei entfernt er sich ein wenig von Jakob weg, wandert die Durchfahrtsstraße einige Schritte hoch und langsam wieder herunter.

Es scheint, als lauerten hinter jedem Fenster, das auf die Straße zeigt, auch ein paar Augen hinter den brav arrangierten, gehäkelt aussehenden Gardinen und beobachten, was gerade los ist auf der Straße. Der Blick des Reporters versteinert sich, doch er redet weiter.

»Du tauchst also zufällig in diesem Dorf auf, kurz nachdem ein Pärchen vom Zug erfasst wurde. Hast überall Schürfwunden und bist nicht sehr gesprächig.«

»Bist du jetzt auch ein Polizist?«

»Nein, du? Ich bin Reporter, wie du vorher schon erahnen konntest. Wir sind die, die auch tatsächlich was ändern können und nicht jedem im Sinne des Staates auf die Finger steigen müssen. Als positive Bestrafung, versteht sich.«

Einen Augenblick überlegt Jakob, was er darauf antworten will. Jedes unbedachte Wort könnte hier zu einer Diskussion führen, die abseits davon weitergehen würde, worum es eigentlich geht. Trotzdem lehnt er sich ein wenig aus dem Fenster.

»Ich bin selbst nicht ganz sicher, warum ich ausgerechnet hier gelandet bin. Heute Morgen bin ich in der Nähe aufgewacht und versuche seither herauszufinden, was los ist. Eigentlich simpler Zufall.«
Der Reporter sieht ihn überrascht und skeptisch an, da fällt Jakob noch etwas ein.

»Und wage es ja nicht, darüber auch nur ein Wort zu schreiben. Verstanden?«
Dem Reporter entwischt ein kurzes Grinsen. Den Satz hat er bestimmt noch nie gehört. Skeptisch bleibt er dennoch aus Kalkül und, weil er die Geschichte nicht zerstören möchte, bevor sie ganz erzählt ist.

»Schön. Da wünsche ich viel Spaß dabei. Ich schau die nächsten Tage sicherlich wieder vorbei, dann kannst du mir ja sagen, wie es weitergegangen ist. Auch wenn ich dir raten würde, hier zu verschwinden. Man sieht sich. Vielleicht.«

Der Reporter dreht sich schon Richtung Auto, aber Jakob ist interessiert an der eigenartigen Fixierung auf das Dorf.

»Was hast du denn für ein Problem mit dem Dorf?« Sofort bleibt der Reporter stehen und sieht Jakob mit großen Augen an.

»Na sieh dich doch um! Sieh dir die Menschen an! Sieh dir die Häuser an!«
Er nähert sich wieder und setzt dann fort.

»Hast du schon jemanden unter zwanzig gesehen? Jemanden unter dreißig?«
Das war für Jakob nicht wirklich überraschend.

»Ist das nicht normal, dass die jungen Leute in die Stadt flüchten? Hier will heutzutage keiner mehr leben. So weit weg von allem, was Spaß macht.«
Der Reporter hat diesen Einwand schon erwartet.

»Natürlich. Das ist die gängigste Antwort. Deshalb ist es auch nicht weiter verdächtig. Deshalb bemerkt es niemand. Deshalb interessiert es niemanden. Nur zum Sterben kehren die jungen Leute hierher zurück. Ich denke, es ist durchaus spannender, eine Zeitlang darüber nachzudenken.«

Mit diesem Satz schlendert der Reporter zu seinem Auto zurück, Jakob bleibt grüblerisch zurück. Wieder sieht er sich um, sein Blick bleibt an der alten Schule hängen, die verlassen und heruntergekommen aussieht. Wer weiß. Paranoid kommt der Reporter ihm schon vor, dennoch wollte Jakob ihm intuitiv mehr Informationen geben als notwendig. Womöglich würde er genau diesen Reporter später brauchen, um von dieser Geschichte erzählen zu können.

Im nächsten Moment reißt ihn ein hallender Knall, gefolgt von einem lautstarken Motorgeräusch die Straße hoch, aus seinen Gedanken. Jakob weicht zur Seite und sucht Sicherheit zwischen den Häusern. Ein schlecht aufgemöbeltes Auto prescht an ihm vorbei, der Motor hochgedreht. Man hört das Säuseln eines Turbos, der tiefe Auspuff knallt hier und da beim Schalten. Die giftige Farbe der Karosserie scheint sich beim Vorüberfahren zu verändern, je nach Lichteinfall.

Dann bleibt dieses prollige Auto direkt vorm Reporter stehen, der gerade einsteigen wollte. Aus dem Proletenauto steigen zwei Proleten aus – der eine mit blonden, der andere mit schwarzen Haaren. Sie sind nicht ganz elegant gealtert, gekleidet wie rebellische Teenager und schätzungsweise bereits um die vierzig. Sie steuern sofort auf den Reporter zu und der blonde Prolet schubst ihn gegen sein Auto noch bevor überhaupt ein Wort gefallen ist.

Jakob kann auf die Entfernung nicht viel verstehen außer, dass die beiden den Reporter sichtlich einschüchtern wollen und womöglich bedrohen.

Als sie von ihm ablassen, steigt der Reporter sofort in sein kleines Auto, dreht um und fährt über die Durchfahrtsstraße flott Richtung Süden davon. Die beiden Proleten sehen ihm nach und setzen sich erst ins Auto, als der Reporter aus ihrem Sichtfeld verschwunden ist.

Jakob will sich aus den ganzen Figuren etwas zusammenreimen, doch so richtig schlüssig ist das noch nicht. Auch nicht wirklich verdächtig. Mit diesen Gedanken verschwindet er beinahe lautlos zwischen den Häusern.

Jakob entfernt sich von der Durchfahrtsstraße. An Häusern vorbei, durch ein paar kleinere Gassen, erblickt er auf einer kleinen Rasenfläche mit einem Baum in der Mitte eine Telefonzelle. Zwischen den Häuser sogar etwas versteckt, zumindest für eine Telefonzelle.

Am Weg dorthin kramt er in seiner Hose und findet tatsächlich noch 20 Cent. In der Telefonzelle hebt er den Hörer ab und ihm werden 30 Cent als Minimum angezeigt. Er sieht sich um, weder auf dem Boden noch im Rückgeldschacht sind Münzen zu finden. Der Staub an seinen Fingern, als er diese aus dem Schacht zieht, macht klar, dass hier wohl schon länger keiner mehr telefoniert hat.

Nach einer kurzen Denkpause steckt er die Münze wieder in seine Hosentasche und wählt 133.
        »Polizeinotruf, was kann für Sie tun?«
        »Mein Name ist Hauptmann Jakob Streinzer und ich brauche dringen eine Leitung zu Herrn Oberst Bamberg im Bundeskriminalamt Wien, neunter Bezirk.«
        »Einen Augenblick bitte.«
        »Danke.«
Kurz ist es ruhig, das Telefon ist beinahe stumm, nur zwischendurch knackt es in der Leitung. Er sieht sich nochmals um. Kein Mensch ist zu sehen oder unterwegs.
        »Oberst Bamberg, Kriminalamt Wien.«
        »Herr Oberst, Hauptmann Streinzer.«
        »Streinzer? Wo sind Sie?«

»Ich kenn den Namen des Dorfes nicht, irgendwo in Niederösterreich, wohl in der Nähe des letzten Einsatzortes.«

»Was ist gestern geschehen?«

»Da bin ich nicht sicher, vorerst bin nur froh, überhaupt noch am Leben zu sein.«

»Sind Sie dort in Sicherheit?«

»Ich denke schon, es ist abgelegen und ruhig. Ich würde vorerst hier bleiben, bis sich die Wogen geglättet haben und wir mehr wissen.«

»In Ordnung, sehen Sie zu, dass Sie wieder klar werden und passen Sie auf sich auf. Ich werde versuchen, mehr herauszufinden. Rapport morgen.«

»Ja gut, ich melde mich.«

VI.

Im halbdunklen Esszimmer des Wirtshauses sucht sich Jakob einen Tisch aus. Keine Menschenseele ist hier, jeder Sessel um jeden Tisch leer.

Nicht ganz am Rand, aber auch nicht zu nahe an der Tür, setzt er sich ins triste Ambiente. Es hallt als er den Sessel zurechtrückt und macht ein ungutes Geräusch zwischen den massiven Stühlen und dem Fliesenboden.

Er sieht sich nochmals um, um sicherzugehen, dass tatsächlich niemand hier ist. Dann nimmt er die Speisenkarte und will sie öffnen. Die pickt derart zusammen, dass es beim Öffnen ein lautes Geräusch macht, das wiederum zwischen der nackten Decke und dem Fliesenboden hallt. Wie ein großes Pflaster das man abzieht.

Er hält kurz inne, weil ihm die Lautstärke etwas peinlich ist und liest dann, was die in Folie eingefasste Speisenkarte zu bieten hat. Abgesehen von der verspielten Schriftart, die man seit den 90ern gerne verwendet, mittlerweile aber doch als sehr überholt gilt.

Zumindest nostalgisch. Jakob bleibt mit dem Handballen wieder an der Folie kleben. Es dürfte ein sehr süßes Getränk gewesen sein, das die Speisenkarte nun, im ausgetrockneten Zustand, zusammengehalten hat.

Die Türe zur Küche schnellt auf, die Wirtin füllt den Raum sofort mit verschiedensten Lauten und einer unmotivierten

Stimmung. Noch bevor sie stehen bleibt oder Jakob was sagen kann, entgegnet sie auf seine nicht gestellte Frage.

»Gibt's nicht.«

Jakob sieht fragend von der Karte hoch, die Wirtin blickt im leeren Raum umher.

»Was gibt's nicht?«

»Was Sie essen wollen.«

»Sie wissen ja noch gar nicht, was ich essen will. Nicht einmal ich weiß das gerade.«

»Egal was sie wollen. Gibt's sowieso nicht. Heute ist nicht à la carte, sondern à la Koch.«

Überrascht legt er die Speisenkarte wieder zur Seite.

»Ah. Und was kredenzt der Koch heute?«

Sie dreht sich sogleich zur Küche und brüllt, sodass sich Jakob erschreckt, obwohl er sie dabei beobachtet.

»Chef de Cuisine!«

Die Wörter aus ihrem Mund haben absolut gar nichts Französisches an sich. Dennoch öffnet sich nach wenigen Sekunden die Küchentüre und der Koch sieht durch einen Spalt hinaus in das Esszimmer.

»Joh?«

Nachdem Jakob sich einige Zentimeter zur Seite gedrückt hat, kann er einen dicken Kerl erkennen, der durch die Türspalte in seine Richtung sieht.

Vielleicht aber auch nicht, denn es scheint, als würden sich die Augen des Kerls ständig ein wenig bewegen. Der Kopf wiederum, folgt den Bewegungen mit leichter Verzögerung und in abgeschwächter Form.

Er sieht aus wie ein Kind, das etwas angestellt hat. Im Halbdunklen kann Jakob das nicht so ganz erkennen. Dass er einen starken Dialekt haben muss, stellt Jakob allerdings sofort fest. Die Wirtin spricht den Koch trotzdem mit dem besten hochgestochenen Hochdeutsch an, das sie bieten kann.

»Dein heutiger Gast möchte gerne wissen, was du ihm kredenzen wirst.«

Der Koch stoppt sein Kopfbewegung und Augen für einen Moment, um im nächsten noch weit größere Bewegungen zu machen.

»Krätentzn?«

Fragt er und verzieht sein Gesicht ein wenig.

»Wos es heit zum Ess'n gibt!«

»Ahsouh! Krautfläkal!«

Die Wirtin dreht sich wieder zu Jakob und wiederholt das Tagesmenü.

»Krautfleckerl.«

»Krautfleckerl?«, fragt Jakob.

»Krautfleckerl.«, bestätigt die Wirtin.

Jakob ist unsicher, wischt sich über sein stoppelig gewordenes Kinn.

»Nicht einmal ein Schnitzel oder was in die Richtung?«

Die Wirtin dreht sich wieder zum Koch, recht uninteressiert fragt sie Freundlichkeit halber nach.

»Schnitzel?«

Sofort schüttelt der Koch seinen Kopf, wirkt dabei ein wenig nervös.

»Na, Schnitzl gibt's erst, wann ma wieda Flaisch ham. Und do is da Bua sicha nimma do."

Die Türe zur Küche geht langsam zu, die Wirtin dreht sich wieder zu Jakob um, ihr Blick entschuldigt sich schon fast, wenn auch nur gespielt.

»Tut mir leid, kein Schnitzel.«

Jakob lässt sich grübelnd ein bisschen Zeit – mehr als Showeinlage und um die Stimmung nicht zu versauen.

Dann bestellt er mit einem gespielten, freundlichen Blick hoch zur Wirtin.

»Dann nehme ich bitte die Krautfleckerl.«

VII.

Nach dem simplen Essen geht Jakob aus dem Wirtshaus hinaus auf die Durchfahrtsstraße. Dort steht eine Bank, auf die er sich setzt und in Gedanken versunken beginnt, die Leute umher zu beobachten.

Es herrscht ein reges Treiben. Manche gehen spazieren, andere kaufen ein und wieder andere trinken Kaffee und spielen dabei Karten. Am Anfang der Durchfahrtsstraße Richtung Süden kehrt einer den Gehsteig und das Geräusch gibt fast einen beruhigenden Rhythmus vor.

Niemand wirkt unzufrieden oder verdächtig. Alle dürften etwa zwischen 50 und 80 Jahre sein, schätzt Jakob.

Bald mischt sich wieder ein Motorengeräusch in die Stille. Ein Traktor nähert sich mit hoher Geschwindigkeit. Als der endlich sichtbar ist, erkennt Jakob die beiden Proleten in der Fahrerkabine. Der Blonde fährt und der Dunkelhaarige albert herum, ärgert den anderen und greift ihm sogar ins Lenkrad.

Der Mann, der den Gehsteig gefegt hat, dreht sich gerade um und will zurück ins Haus, als der Traktor von der Straße abkommt und über den Gehsteig fetzt. Dort, wo der Mann noch Sekunden zuvor kehrte.

Mit Knall und Klirren fährt der Traktor mit seinen großen Reifen ohne merkbare Anstrengung über einen recht großen, runden Blumentopf, der bis dahin noch friedlich am Gehsteig stand. Der Mann mit dem Besen hält inne und sieht erschrocken dem Traktor nach. Dann geht er schnell nach vorne und findet seinen Blumentopf zerstört und flach auf dem Boden. Die Blumen, die darin bisher gedeihten, sind ebenfalls flach gebügelt und liegen auf und in einem Haufen aus Erde und Tonsplittern.

Der Traktor wird langsamer. Die zwei Insassen haben sich zwar erschreckt, doch nach ein paar Blicken auf das Resultat und dem Mann mit dem Besen, geben sie wieder Gas und verschwinden lieber schnell.

Der Mann mit dem Besen sieht den beiden wortlos nach, ohne größere Regung fegt er dann Splitter und Erde auf.

Der Traktor hallt an Jakob vorbei, die groben Reifen machen ein ganz eigenes Geräusch am Asphalt. Einer der Proleten hatte ihn länger als nötig im Visier.

Bald steht Jakob wieder auf, weil er sich noch anderswo umsehen möchte.

Nach einigen Kilometern Fußmarsch befindet er sich am Unfallort, wo das junge Pärchen verunglückt ist. Er überblickt die Bremsspuren, die das Unfallauto hinterlassen hat. Sie führen bis hin zu den Bahngleisen.

Nachdem er diesen gefolgt ist, folgt er wiederum den Bahngleisen bis hinter die Absperrbänder der Polizei, wo noch immer das Autowrack auf der Wiese neben den Gleisen liegt. Eine Menge Teile liegen umher. Er nimmt sich Zeit, einen Überblick zu schaffen und verpasst dabei, dass der Reporter sich von hinten an ihn heranschleicht.

»Es waren zwei junge Leute, so Mitte zwanzig vielleicht. Fahren die Straße entlang, bremsen abrupt und landen punktgenau auf den Schienen. Und das in einem Augenblick, in dem einer der zwei Züge, die hier werktags vorüberfahren, daherkommt.«

»Du glaubst wohl nicht an einen Zufall.«

»Zufälle existieren nicht. Alles ist ein Resultat aus etwas Vorhergehendem. Man nennt es Zufall, weil man die Zusammenhänge nicht sieht oder nicht versteht und nicht akzeptieren will, dass bestimmte Dinge einfach passieren. Wäre es auch dann ein Zufall, wenn sie eine Minute länger gebraucht hätten und der Zug einfach vorbeigefahren wäre? Oder hat jemand den Zufall gebaut, indem er das Auto auf die Schienen gestellt hat?«

Der Reporter blinzelt die Augen zusammen und überblickt den Unfallort skeptisch.

»Wer soll das gewesen sein? Und wozu?«

»Das ist eben die Frage. Warum sind hier zwei Menschen, auf – meiner Meinung nach – merkwürdige Weise umgekommen? Warum hat man auf der anderen Seite des Dorfes junge Camper tot aufgefunden? Warum gab es weitere fünf oder sechs solcher Zufälle? Irgendetwas passt hier nicht und ich wette meinen Kopf, dass das Dorf damit zu tun hat.«

»Damit ich das richtig verstehe: Du behauptest, dass das böse Dorf junge Menschen umbringt und in der Gegend verteilt, damit alle anderen glauben, es wären Unfälle, die wiederum nichts mit dem Dorf zu tun haben?«

Der Reporter dreht sich zu Jakob.

»Mir ist schon klar, dass es die Menschen aus dem Dorf sind, die das machen.«

»Nur wozu? Angenommen es wäre wirklich so, dann muss es ja einen Grund dafür geben, warum die das tun.«

Der Reporter driftet kurz in Gedanken ab.

»Aus Rache an der Gesellschaft?«

»Das ist das Beste was dir einfällt?«

»Du bist übrigens genauso verdächtig, Fremder.«

»Und wieso hast du eigentlich nicht Angst davor, der Nächste zu sein? Immerhin bist du relativ jung und kein Einheimischer. Außerdem nervst du die Leute hier. Es wäre ein doppelter Bonus, wenn sie dich los wären.«

»Sehr lustig. Man weiß immer sehr genau, wo ich bin, weil ich meine Termine hier in der Gegend in den Firmenkalender eintrage. Da würde man sehr schnell wissen, wo man anfangen müsste, zu suchen. Hast du mittlerweile jemanden unter dreißig entdeckt?«

»Denke nicht, nein. Nur existiert das Problem eben in vielen Dörfern, die derart weit weg von größeren Städten liegen.«

Wieder sieht der Reporter ihn einen langen Moment an.

»Du glaubst mir kein Wort, oder?«

»Naja, liefer mir ein Motiv und wir können drüber reden.«

Der Reporter geht genervt von Jakob weg, bleibt aber nach einigen Metern stehen und dreht sich zu ihm um.

»Weißt du was? Lass uns einen Rundgang machen.«

Sie fahren mit dem kleinen Auto des Reporter an die Dorfgrenze und gehen dann zu Fuß weiter. Zuerst kommen sie am Haus des alten Mannes vorbei, der noch immer im Garten zu schaffen hat.

»Der Alte. Aber lass dich nicht täuschen, der ist besser drauf als so manch junger Kerl«, beginnt der Reporter den Rundgang.

»Konnte ihn schon kennenlernen, er hat mich untersucht. War sowas wie Sanitäter im Krieg.«

»Er wirkt nicht wirklich verdächtig. Ist ruhig und wenig überraschend, altmodisch.«

Sie gehen weiter die Durchfahrtsstraße entlang.

»Ich finds auch komisch, dass es kaum Aufzeichnungen gibt, die das Dorf betreffen. Der Bürgermeister hält scheinbar einiges unter Verschluss und behauptet, es wäre viel vernichtet worden über die Zeit. Der Bürgermeister glaubt sowieso, er ist der Allmächtige hier. Das mag daran liegen, dass er seit Jahrzehnten in dieser Position arbeitet.«

Als sie am Café vorbei kommen, wischt die Besitzerin gerade die Tische ab und macht sauber.

»Die lustige Besitzerin vom Café. Über die Maßen unfreundlich und geizig. Sie treibt es mit dem Bürgermeister und berichtet ihm sofort, wenn etwas Ungewöhnliches passiert.«

»Da war ein gewisses Knistern zwischen den beiden«, bemerkt Jakob mit ironischem Unterton.

»Als ein junger Mann nicht zahlen wollte, hat sie eine Flasche zerschlagen und ihm fast den Hals aufgeschlitzt.«

Die beiden sehen sich an.

»Sie hat eine Anzeige wegen Körperverletzung?«

»Nein, weil der junge Idiot aufgesprungen und weggelaufen ist. Natürlich läuft er zufällig um die einzige Ecke, hinter der zufällig ein Stacheldraht gespannt war, der sich zufällig auf Halshöhe befand. Und er war so schnell

unterwegs, dass er innerhalb von Minuten verblutet war. Ob da noch eine Wunde am Hals war, die von der netten Frau stammen könnte, ist nicht mehr zu beweisen gewesen.«
Gemeinsam beobachten sie eine Zeitlang das Café und seine Besitzerin. Jakob erinnert sich.

»Ich muss mir unbedingt ein bisschen Geld besorgen.«

»Was?«

»Nichts weiter.«

Jakob denkt nach und blickt zum Wirtshaus.

»Was ist mit den Wirten? Da läuft doch auch irgendetwas nicht ganz rund.«

Auch der Reporter dreht sich zum Wirtshaus.

»Ah ja, die Wirte. Nach außen wirken sie skurril. Weil sie es auch sind. Die Wirtin macht einfach, was ihr gefällt. Der Wirt, wenn er überhaupt was macht, alles das, was sie ihm aufträgt. Manche der Opfer haben bei ihnen übernachtet, bevor die Unfälle passierten.«

»Großartig. Der Bürgermeister spendiert mir dort ein Zimmer.«

»Bloß nicht beim Duschen ausrutschen.«

»Ich werd mich bemühen.«

»Außerdem glaub ich, dass die Wirtin den Koch vögelt. Weißt eh. Groß und dumm ...«

»Stämmig gebaut und Vegetarier.«

»Vegetarier? Nein, man lässt ihn einfach kein Fleisch mehr zubereiten, das macht der Wirt oder die Wirtin.«

»Und wieso verbietet man einem Koch, Fleisch zu verwenden?«

»Noch eine Gruselgeschichte. Frag mich nicht, ob es wahr ist. Man sagt, dass der Herr Koch, als gerade kein

Fleisch vorrätig war, auch andere Tiere verkocht hat. Hunde und Katzen. Was man mit seiner Statur eben fangen kann.«

»Soweit vergeht mir die Lust auf mein Schnitzel.«

»Würde dir da auch eher davon abraten. Irgendwas hat bei ihm klick gemacht und seither wird er etwas eigen, wenn er Blutiges in den Händen hält.«

»Eigen?«

»Er ist einfach nicht ganz dicht. Und es weckt wohl seine animalischen Instinkte.«

Der Bürgermeister kommt den Moment aus seinem Haus.

»Da ist er ja, der Häuptling. Penibel hält er alles unter Verschluss, was das Dorf und die Menschen angeht. Seine Frau starb vor Jahren und seine Tochter ist nach einem Streit scheinbar abgehauen.«

»Tut mir leid für ihn.«

»Ja ja, der Arme. Treibt es wie gesagt mit der Café-Besitzerin und mit einem Dutzend weiterer jüngerer Semester, die teils auch im Gemeinderat sind.«

»So viel Sex und dennoch keine Kinder?«
Der Reporter sieht Jakob an.

»Vielleicht begreifst du ja langsam. Ganz genau: Wo sind sie? Die Kinder. Die jüngsten Leute, die ich hier kenne, sind die beiden Cousins, die immer Ärger suchen und sich aufführen wie Teenager, obwohl sie wohl knapp vierzig sind.«

»Die beiden, die dich letztens aus dem Dorf gebeten haben?«

»Allerdings.«

»Für all das wird es eine logische Erklärung geben, da bin ich sicher.«

»Das bin ich auch. Nur ob die Erklärung gefällt, wird sich zeigen. Die Berichterstattungen in den Zeitungen der letzten zehn Jahren sind wenig aufschlussreich und zeigen nur diverse Unfälle mit Außenstehenden auf. Ich bilde mir ein, dass das Intervall zwischen diesen Unfällen immer kürzer wurde.«

Jakob überblickt noch einmal das Dorf, die Café-Besitzerin sieht die beiden schon recht böse an. Der Bürgermeister kommt gerade mit einem alten Mercedes an ihnen vorbei und nickt ihnen freundlich zu.

Bis das alte Auto mitsamt seinem gemächlichen Geräusch aus dem Blickfeld verschwunden ist, sehen die beiden ihm nach.

»Ich fahre wieder in die Stadt und du solltest mitkommen.«
Einen Augenblick denkt Jakob nach, der Reporter hakt gleich nach.

»Was gibt es denn da zu überlegen? Willst du wirklich hier bleiben?«

»Nicht unbedingt wollen, aber ich muss.«

»Muss? Hast du gerade nicht mitgekriegt, was ich erzählt habe?«

»Doch. Und verstehen musst du das im Moment auch nicht.«

»Dann bin ich ja beruhigt.«
Der Reporter geht die Durchfahrtsstraße entlang zu seinem Auto.

»Dann noch viel Spaß. Vielleicht sieht man sich nochmal wieder. Lebendig.«

»Ja, mach nicht so einen Wind.«

VIII.

Nach einem langen Tag geht die Sonne langsam unter und Jakob begibt sich wieder in das Wirtshaus. Als er die Türe öffnet, erkennt er den Koch im Gang vor sich. Er bleibt stehen, der Koch sieht ihn von unten bis oben an und umklammert dabei einen Türrahmen, hinter dem er sich wie ein kleines Kind versteckt.

»Sie geh'n scho schlofn?«

Jakob muss innehalten bevor er antworten kann.

»Ja, es war ein langer Tag.«

»Gut Nocht!«

Ruft er etwas zu laut und eigenartig motiviert.

»Gute Nacht«, antwortet auch Jakob und will gleich weitergehen.

»Wennst wos brauchast, i schlof net weit weg von dia.«

Nochmal bleibt Jakob stehen und sieht den Koch im Halbdunklen mit einem gestelltem Lächeln an.

»Danke.«

In dem Moment kommt die Wirtin in den Vorraum. Sie ist aufgebracht und fährt sofort den Koch an.

»Jetzt lass unsren Gost in Ruh! Verschwind in die Küch und mach sauber!«

Der Koch ist irritiert wie ein Hund, der nicht versteht, was er gerade falsch gemacht hat und verzieht sich zurück in die Küche. Die Wirtin widmet sich Jakob, lächelt ihn an und zeigt mit einer Hand zur Treppe hin.

»Einfach die Stiege hinauf und dann die erste Türe rechts, mein Lieber!«

Jakob ist vom Tempo überrascht.

»Danke.«

Langsam geht Jakob die knarrenden Stufen hoch und blickt dabei nochmals in den Türrahmen, wo der Koch gerade noch gestanden ist.

Da geht die Türe zum Gastraum auf und der Wirt stapft gemütlich durch bis in den Vorraum.

»Was schreist denn so?«
Die Wirtin hat bereits gewartet und fährt ihn gleich an.

»Do bist ja endlich, wir san sicherlich wieder die Letzten. Immer nur, wei du dein Orsch net bewegen konnst.«
Während sie redet wirft sie sich den Mantel über und der Wirt Jakob einen kurzen Blick mit einem kaum merkbaren Schulterzucker zu. Sie verlassen das Haus.

»Jetzt loss uns gehn!", ruft die Wirtin, „Also gute Nocht miteinand!«

Dann stapft der Wirt der Wirtin nach. Sie verschwinden hinter dem dumpfen Klang der sich schließenden Haustüre und dem klapprigen Geräusch des Schlüsselbundes, mit dem die Wirtin hektisch die Haustür versperrt.

Jakob geht die letzten alten Stufen bis nach oben, dort in das erste Zimmer rechts. Der Raum ist sehr sporadisch eingerichtet. Da kann sich wenigstens niemand verstecken, denkt er sich.

Er schaltet das Licht ein, der Raum erhellt, Gang und Stiege werden dafür um einiges dunkler. Er macht ein paar Schritte in den Raum, bis plötzlich ein entferntes Knarren durch die Tür gekrochen kommt. Auch ein Knacksen hallt immer wieder die Stufen hoch.

Vorsichtig geht er wieder zur Türe und versucht, in den dunklen Gang zu sehen. Etwas bewegt sich am Fuße der Treppe. Er kann nur einen sich leicht verändernden Schatten erkennen.

»Gut Nocht!«, schreit der Koch von irgendwo um die Ecke die Stiege hoch, weil er wohl bemerkt hat, dass Jakob hinunter schaut. Der ist nun noch mehr irritiert, geht rückwärts ins Zimmer zurück, schließt die Zimmertüre und, weil er keinen Schlüssel findet, klemmt er einen Holzstuhl davor. Das ist vielleicht nicht gänzlich sicher, aber er würde garantiert merken, wenn jemand ins Zimmer will.

Die Wirtsleute sind auf dem Weg zum Haus des Bürgermeisters. Von gegenüber eilt der Pfarrer auf sie zu. Die zwei warten, bis er bei ihnen ist. Dieser schwankt auf sie zu und ist ein wenig abgelenkt, weil er wohl schon wieder betrunken ist.

»Herr Pfarrer! Wenigstens sind wir nicht die Letzten. Einem Geistlichen kann man ja nicht böse sein und wenn man Ihnen nicht böse ist, dann uns hoffentlich auch nicht.«

Der Pfarrer stoppt beinahe außer Atem und reicht ihnen sofort die Hände.

»Guten Abend.«

»Wissen Sie«, fährt die Wirtin gleich fort, »unser neuer Gast ist wirklich unmöglich. Schon fast arrogant. Der kommt mit dem einfachen Leben hier sicherlich nicht zurecht und außerdem frage ich mich nach wie vor, warum der überhaupt hier ist.«

Der Pfarrer deutet auf die Türe des Hauses und unterbricht sie in ihrer Rede. Auch, weil es ihn scheinbar nicht wirklich interessiert und er in seinem Zustand lieber sitzen würde.

»Lasst uns ins Haus gehen, meine Lieben.«

Die Wirtin dreht sich um.

»Ah ja.«

Sie steuert auf das Bürgermeisterhaus zu und quasselt weiter. Der Wirt geht neben dem Pfarrer hinter ihr nach.

»Haben Sie heute zu tief in den den Messwein geschaut? Ganz gerade gehen Sie nicht, oder?«

Als der Wirt das hört, rempelt er den Pfarrer an und der reicht ihm flott den Flachmann aus seiner Tasche. Der Wirt nimmt einen guten Schluck, die Wirtin redet immer noch.

»Bin gespannt, was wir heute wieder großartig bereden müssen. Wir verdienen ja eh nichts mehr die Tage und dann wollen die auch noch Leute bei uns kostenfrei einquartieren. Na, dem werd ich was erzählen, sag ich euch.«

An der Haustüre angekommen, öffnet der Bürgermeister diese augenblicklich. Die Wirtin lächelt ihn übertrieben an, der Wirt versteckt den Flachmann.

»Ihr seid spät dran«, meint der Bürgermeister.

»Ja, ja!«, fährt die Wirtin zurück und geht an ihm vorbei ins Haus, »Wir haben ja einen Gast.«

Zeitgleich durchstöbert Jakob sein Zimmer, er läuft hin und her. Dann schaltet er das Licht aus und blickt aus dem Fenster. Leere Straßen.

Auf einer Seite bewegt sich überraschend ein Schatten. Es ist der dunkelhaarige Prolet. Er geht ebenso auf das Haus des Bürgermeisters zu. Als Jakob einige Zeit auch dieses bespitzelt, kann er bald vereinzelt Menschen hinter den Fenstern identifizieren. Aber nicht, was die machen und schon gar nicht, was sie besprechen.

Plötzlich ein Geräusch vor seinem Zimmer. Jemand kommt die Treppe hoch.

Im Haus des Bürgermeisters sieht sich der Gastgeber die Runde an. Der Gemeinderat, der alte Mann, die Wirte, die Café-Besitzerin und einige andere aus dem Dorf sind da. Er räuspert sich und sofort sehen ihn alle stumm an. Auch der strubbelige Alte sitzt an der Wand und blickt an die Decke, als ob er Wolken beobachten würde. Der Bürgermeister beginnt.

»Dieser lästige Reporter schnüffelt wieder mal herum.«

»Der hofft noch immer, was zu finden. Aber das wird er nicht«, entgegnet jemand aus dem Gemeinderat.

»Dennoch sollten wir aufpassen«, antwortet der Bürgermeister, »Es wird zunehmend schwerer, das alles handzuhaben und ich frage mich schon die ganze Zeit, was der Fremde hier wirklich zu suchen hat.«

»Dieses Problem sind wir bald los«, beruhigt der alte Mann.

»Also ist er ein geeigneter Kandidat?«, fragt eine Frau aus dem Gemeinderat, der Bürgermeister gibt allerdings noch etwas zu bedenken.

»Von mir aus. Aber unterschätzt den Kerl nicht! Ich glaub dem kein Wort seiner Geschichte.«
Die Wirtin springt sofort auf.

»Nein, nein! Sie werden mich nicht schon wieder um mein Geld bringen!«

»Er selbst hat sowieso kein Geld.«
Als der Bürgermeister das sagt, hat der alte Mann bereits einige Schritte auf die Wirtin zugetan. Aus dunklen Augen blickt er an der Wirtin vorbei, durch das Fenster hinaus auf die Straße.

»Er wird heute nicht bei euch übernachten. Man nimmt sich seiner bereits in diesem Moment an.«

Im Wirtshaus sieht Jakob gespannt auf die Tür seines Zimmers. Das Knarren wird lauter und kommt die Treppe hoch gekrallt. Immer näher.

Nochmal presst Jakob den Stuhl gegen die Tür, um sicher zu sein, dass dieser den Eingang auch wirklich blockiert. Von außen wird gleich darauf die Türschnalle nach unten gedrückt. Und noch einige Male, doch die Türe bleibt dank dem Stuhl geschlossen.

Dann folgt Körpereinsatz. Dumpf und laut wirft sich jemand gegen die alte Holztüre. Jakob geht dabei rückwärts immer weiter in den Raum hinein, weg von der Türe. Gespannt behält er die Türschnalle im Auge und wartet ab, was passiert. Bis es wieder ruhig ist.

Erneut knarrt es vor der Türe und dann ist für einige Sekunden wieder gar nichts zu hören. Plötzlich werden die Schläge auf die Türe lauter und merkbar heftiger. Scheinbar auch gezielter auf die Schnalle. Jakob kann sich vorstellen, dass der Eindringling vor der Türe mit aller Wucht und schweren Schuhen gegen das alte Holz tritt, um die Türschnalle womöglich auszubrechen.

Immer lauter und lauter, gleichzeitig wird auch die Türschnalle permanent nach unten gedrückt. Bald ist es abermals ruhig. Im Raum herrscht für einige Sekunden sogar komplette Stille.

Nicht einmal ein Atmen.

Und dann wieder die festen Tritte gegen die Tür und schon der zweite Versuch lockert den Stuhl, der vierte lässt die Tür aufschnellen. Dabei fliegt der Stuhl quer durch den Raum und bleibt lautstark am anderen Ende des Zimmers auf dem Holzboden liegen.

Im Halbfinstern vor der Zimmertüre erkennt man dieselbe Kapuzengestalt, die morgens am Bahnübergang gewesen ist. Breit und groß steht sie in der Türe und schaut sich um.

IX.

Am nächsten Morgen lacht die Sonne gerade über die
Dächer der alten Dorfhäuser, als die Wirtin vom Vorraum
hoch in den ersten Stock kommt.

Oben angekommen, horcht sie an der Zimmertüre, hinter
der sich Jakob befinden sollte. Danach klopft sie vorsichtig
an, die Türe öffnet sich sogleich einen Spalt, weil sie nur
angelehnt ist.

Als die Wirtin die Türe weiter öffnet, bemerkt sie gleich
Kratzer an derselben und den Stuhl, der noch immer quer
und mitten im Raum am Boden liegt. Kein Mensch ist zu
sehen und verstecken kann man sich in dem kleinen Raum
auch nicht wirklich. Der Anblick macht die Dicke gleich
wieder wütend. Flugs dreht sie sich zornig weg und stiefelt
die knarrende Treppe wieder hinunter ins Esszimmer, wo der
Wirt wie jeden Morgen die Zeitung liest.

Die Wirtin steht am Tresen und schimpft vor sich her,
während sie Frühstück zubereitet.
»Ans sog i dir: Der liebe Herr Bürgermeister wird
mir schen brav die ganze Nacht bezohln. Immerhin wor er ja
eine gonze Zeitlang do.«
Der Wirt reagiert nicht. Sie fährt fort.
»Die Tür habens auch angedellt und den Sessl
durch den Raum gschmissn. Imma dos Gleiche mit dem
Gesindel. Wenns donn wieder ums Göd geht, wü es kana
gwesen sein.«

51

Der Wirt hört nur so halb zu. Als er von seiner Zeitung hochblickt fällt ihm ein quietschlebendiger Jakob im Türrahmen wartend auf. Gerade so, als wäre er vor zehn Minuten aufgestanden und bereit für sein Frühstück.

Die Wirtin erwartet eine Reaktion vom Wirt. Sie sieht ihn an und verfolgt dann fragend den Blick ihres Gatten bis auch ihrer überrascht an Jakob hängen bleibt.

»Schönen guten Morgen. Gibt es Frühstück?«, fragt Jakob naiv in den Raum.

Die Wirtin weiß noch nicht so recht wie ihr geschieht, da geht ganz langsam die Türe in die Küche auf und der Koch sieht schüchtern ins Esszimmer. Sofort fährt die Wirtin ihn wieder an.

»Schleich di!«
Die Türe geht wieder zu und die Wirtin lächelt Jakob gezwungen an.

»Sicherlich gibt's a Frühstück!«

Also gesellt sich Jakob zu den beiden, setzt sich an einen Tisch und beobachtet die Wirtin dabei, wie sie ihm ein einfaches Frühstück bereitet und an den Tisch bringt.

»Bitteschön! Frühstück.«
Wieder übertrieben freundlich. Auch Jakob entgegnet überfreundlich.

»Dankeschön! Schaut super aus.«
»Wenn Sie noch was brauchen, mein Mann ist da. Ich fahre mit dem Bürgermeister in die Stadt.«
»Danke, alles wunderbar.«
»Wollen Sie vielleicht mitfahren?«
»Nein, danke. Ich bleibe noch ein wenig.«

Nicht ganz mit Verständnis nickt die Wirtin. Sie dachte schließlich, dass spätestens heute der eigenartige Fremde so schnell wie möglich verschwinden möchte. Das war von den Dorfältesten anders geplant.

Sie kommt aus den Gedanken zurück, schnappt sich zwei vollgepackte Papiertüten und dreht sich Richtung Wirt.
»Na, hüfst mir vielleicht?«
Der Wirt sieht von seiner Zeitung hoch, steht langsam auf und nimmt eine der Tüten. Dann torkeln beide hinaus auf die Durchfahrtsstraße. Die Türe zur Küche öffnet sich ganz vorsichtig wieder und der Koch flüstert Jakob zu.
»Wo homma denn gschlofen?«
Jakob ist etwas erschrocken, weil der Koch scheinbar des Flüsterns nicht mächtig ist und sich seine Stimme so noch unheimlicher anhört. Und eben keineswegs leise.
»Was ist hier eigentlich los?«
Keine direkte Antwort, nur ein Schhhh.
»Ich hab dich was gefragt!«
»Ma darf nit darüber reden. Mit ane Fremd'n.«
»Ich möcht es aber wissen.«
»Es is geheim.«
»Das ist mir egal.«
»Darf net drüber red'n.«
In gleichen Moment steht der Wirt im Raum, sieht Jakob an, dann auf die Türe zur Küche. Sofort schließt sich die Türe und man kann hören, dass der Koch das Weite sucht.

Genervt setzt auch der Wirt zum Lauf an, murmelt Undeutliches und verschwindet ebenso in der Küche. Jakob bleibt sitzen und frühstückt in Ruhe.

Draußen auf der Straße schließt die Wirtin gerade den Kofferraum des Bürgermeister-Autos, setzt sich auf den Beifahrersitz und jammert den Bürgermeister gleich an.

»Unsa Gost frühstückt grad auf unsre Kosten!«

»Ist ja schon gut«, entgegnet der Bürgermeister, »wir kümmern uns später darum. Gemeinderatssitzung am Abend.«

Der Bürgermeister startet, gibt Gas und sie fahren davon.

Ansonsten herrscht unauffälliges Treiben im Dorf. Der Pfarrer sitzt im Gastgarten vor dem Café und gönnt sich heimlich einen Schluck Hochprozentiges aus seinem Flachmann in die Kaffeetasse. Lärm stört ihn dabei, sodass er seinen Kopf verdreht und mit seinem guten Auge die Straße hinunter giert.

Lautstark fahren die beiden Proleten den Traktor die Straße hoch und halten vor dem Wirtshaus. Der blonde Prolet steigt sofort aus, stellt sich abseits hin und schaut sich um.

Der Wirt kommt geradewegs auf die beiden zu und bis der dunkelhaarige Prolet rücklings und mit vollen Händen aus der Fahrerkabine klettert, ist der Wirt beim Traktor angekommen. Der Blonde steht währenddessen nach wie vor Schmiere.

Endlich kriegt der Wirt das, worauf er lange gewartet hat, und weshalb er persönlich nach draußen gekommen ist: ein großes Stück totes Schwein, noch recht frisch.

Um die Wirtshausecke steht der Koch und beobachtet mit großen Augen das Geschehen. Als er das Fleisch entdeckt, verzieht er in seinen Bart murmelnd das Gesicht und verschwindet hinter der Ecke. Er hält sich den Mund zu, damit man ihn nicht hört. Als ob er die Worte, die seinen Mund verlassen, nicht kontrollieren kann. Er zögert eine Sekunde, dreht sich dann doch weg vom Geschehen und zieht so schnell wie möglich Leine.

Inzwischen bedankt sich der Wirt und hievt das Fleisch ins Wirtshaus. Jakob konnte alles durch das Fenster im Esszimmer beobachten und sitzt immer noch an seinem Platz, als der Wirt mit dem Fleisch im Haus ankommt.

Nachdem der Wirt das Fleisch in den Kühlraum gepackt hat, sperrt er die schwere Türe zu und steckt den Schlüssel ein.

Der alte Mann, der am südlichen Dorfende wohnt, arbeitet gerade draußen im Garten an seinem Gemüse, als er ein Auto bemerkt, das sich schnell nähert.

Auf der langen Gerade vor dem Dorf knallt es plötzlich laut, das Auto kommt ins Schleudern und springt mit einem Ruck auf die Wiese neben der Straße und bleibt dort im Gras stehen.

Im Auto sitzt erschrocken der Reporter, der mit großen Augen durchatmet und einige Sekunden braucht, bis er wieder im Jetzt ist.
»Scheiße.«
Das Lenkrad hält er so fest umklammert, dass seine Fingern ganz rot sind. Erst als er das bemerkt, lässt er locker und öffnet langsam die Fahrertüre.

Laut atmend stolpert er um das Auto herum und findet auf der Beifahrerseite beide Reifen zerfetzt auf. Um sie herum ist ein Stacheldraht gewickelt, der vom Auto weg nach hinten führt und an einem Stacheldrahtzaun endet.

»So ein Scheißdreck ...«
Nach einer kurzen Bedenkzeit schnappt sich der Reporter sein Zeug aus dem Auto und macht sich missmutig und zu Fuß auf den Weg ins Dorf.

Ziemlich flott passiert er das Haus des alten Mannes, der ihn nach wie vor beobachtet und mittlerweile auf dem Stiel seiner Gartenhacke lümmelt. Der Reporter hat ihn schon aus der Ferne entdeckt und als er an ihm vorbeikommt, kann er es sich nicht verkneifen.

»Danke für die Hilfe!«, und setzt murmelnd fort, »ihr verdammten Hinterwäldler.«

Der alte Mann reagiert mit stummen Blick und einem Brummen, das der Reporter nie im Leben hören konnte. Dann konzentriert er sich auch gleich wieder auf seine Gartenarbeit. Als wäre nichts geschehen.

Der Reporter geht mit vor Wut rotem Kopf weiter Richtung Dorf.

X.

Mitten im Dorf laufen sich der Reporter und Jakob wieder über den Weg. Jakob hat bereits von seiner kurzen Nacht erzählt.

»Glaubst du mir endlich?«, fragt der Reporter.

»Ich hab nie erwartet, dass du lügst. Ich finde halt, dass solche doch recht heftigen Annahmen auf etwas mehr als wagen Zusammenhängen basieren sollten.«

»Ah ja, deshalb wird dir nachts die Zimmertüre eingetreten und mir ein Stacheldraht in den Weg gelegt. Was meinst du, was man uns damit sagen will? Herzlich willkommen und probiert von den Odövren!«

»Schon klar, eher das Gegenteil. Bisher hat man uns nicht mehr als erschrecken wollen. Womöglich, um uns einfach zu vertreiben. Denke ich zumindest.«

»Denkst du das also. Was aber, wenn es nicht so harmlos gedacht war?«

»Beruhig dich wieder, du lenkst nur unnötig Blicke auf dich.«

»Ich will mich nicht beruhigen. Immerhin bin ich gerade einem Anschlag entgangen. Da versteh ich nicht, wie du so ruhig bleiben kannst.«

»Halt den Ball vorerst einmal flach, der Stacheldraht kann genauso gut aus Unachtsamkeit dort gelegen haben. Unfälle passieren.«

»Und wenn nicht?«

»Dann solltest du erst recht nicht alle Aufmerksamkeit auf dich ziehen.«

»Ah ja, von wem denn? Ihr?«

Er zeigt hinunter zur Café-Besitzerin, die genüsslich in ihrer Nase bohrt.

»Oder … oder … ihm?«

Er stockt im Satz, weil ein älterer Mann, der dem Reporter bis dato unbekannt war, schnurstracks auf die beiden zukommt. Er blickt ihnen jeweils einen Moment lang in die Augen und dann hoch in den dunstig grauen Himmel.

»Ja, naja«, beginnt er, »es wird bestimmt regnen. A Gewitter.«

Jakob und der Reporter werfen sich fragende Blicke zu. Der Wettermann ist noch nicht fertig.

»Am Abend. Da wird es nicht so schön.«

Langsam und in Gedanken geht der Wettermann weiter. Mit gesenktem Blick lässt er die beiden ein wenig dümmer zurück, als sie es vor der Begegnung waren. Dabei macht er Geräusche als würde er das Gesagte immer wieder bestätigen. Wenn auch nur für sich selbst.

»Ich halte mit zehn Euro dagegen«, schlägt der Reporter vor. Inzwischen ist auch Jakob ein weiterer Verdacht gekommen.

»Der Bürgermeister ist vor etwa einer Stunde in die Stadt gefahren und da dürfte wohl noch kein Stacheldraht auf der Straße gelegen haben.«

»Der Bürgermeister ist weg?«, fragt der Reporter hellhörig.

Sofort und so unauffällig wie möglich, machen sich die zwei auf den Weg zum Haus des Bürgermeisters. Sie sehen sich um, während der Reporter offensichtlich auf der Suche nach einer Schwachstelle am Haus ist.

»Du willst einbrechen?«, fragt Jakob.

»Wenn meine ausgeklügelte Theorie stimmt, müsste hier …«

Sogleich findet er ein Fenster, das unverschlossen ist und öffnet es mit einem Ruck.

»… na bitte!«

»Was soll das für eine Theorie sein?«

Der Reporter klettert durch das Fenster hinein in die gute Stube und dreht sich nach der Landung zu seinem Verbündeten.

»Dass wir auf dem Land sind.«

Jakob schaut sich noch einmal selbst über die Schulter, bevor auch er durchs Fenster ins rustikale Haus einsteigt.

Im Arbeitszimmer steht ein mittelgroßer Safe am Boden, an dem der Reporter bereits rüttelt und wiederum nach Schwachstellen sucht. Es tut oder bewegt sich nichts.

»Verdammtes Ding.«

Ein Schlüsselloch weist darauf hin, dass es wohl an einem Schlüssel mangelt, den der Reporter nun finden will.

Währenddessen kann Jakob das Dorf auf einer alten Landkarte erkunden.

»Sieht aus wie dieses Dorf, oder?«

Der Reporter wirft nur einen kurzen Blick rüber, dann wendet er sich wieder der Schlüsselsuche zu.

»Ja, das ist es. Ganz früher gab es hier nicht mehr als ein Durchfahrtsstraße und etwas Industrie. Bis heute gibt es nur die Nord- und Südausfahrt, wenn man von den Waldwegen absieht. Wobei man im Norden nur noch durch ein anderes Dorf und dann an die Grenze gelangt. In beide Richtungen kommt aber für knappe zehn Kilometer erstmal gar nichts.«

»Wie komm ich bitte dann hierher?«, fragt sich Jakob laut und starrt weiter auf die Karte.

»Was?«

»Wie kommt man auf die Idee, hier ein Dorf zu errichten?«

Der Reporter steht auf, geht zum Schreibtisch und schnüffelt dort weiter.

»Ich glaub es war Holz, Kohle oder Steine. Aber die Industrie hier ist schon längst verreckt, wie man unschwer erkennen kann.«

Er findet einen alten Reisepass, hebt ihn sich nahe vor das Gesicht und liest ein paar Zeilen.

»Im Gegensatz zum Herrn Bürgermeister.«

Er starrt noch einige Sekunden darauf, bis er sich zu Jakob dreht, der schon gespannt wartet.

»Wie alt schätzt du den Bürgermeister?«

Jakob versteht nicht, überlegt einen Moment.

»Keine Ahnung, so um die sechzig? Fünfundsechzig?«

»Geboren am 9. April 1906.«

»Was?«

Schnell kommt Jakob zu ihm und liest selbst nach.

»Das kann ja nicht sein.«

»Wieso? Nur weil er bereits mehr als einhundert Jahre alt sein müsste, wenn das stimmt?«

»Weshalb denn sonst?«

Wieder fasst der Reporter den Safe in sein Blickfeld.

»Wir müssen in diesen Safe.«

Als er etwas hört, geht er zum Fenster und sieht hinaus.

»Aber nicht jetzt. Wir müssen gehen.«

Er wirft den Pass zurück und geht zum Fenster, durch das sie eingestiegen waren.

Bevor Jakob ihm folgt, bemerkt er ein recht altes Bild am Schreibtisch und hebt es hoch. Es zeigt einen jüngeren Herrn Bürgermeister mit einer Frau und einem Mädchen. Sie umarmen sich und lachen. Wirken glücklich.

Jakob sieht sich das Bild eine Zeitlang an.

Währenddessen steht das Auto des Bürgermeisters vor dem
Wirtshaus, die Wirtin steigt aus und kämpft dabei mit
einigen Einkaufstüten, die sie aus dem Auto zerrt.
»Dankschön, wir sehn uns am Abend!«
»Is gut.«

XI.

Der Bürgermeister fährt weiter bis in die Einfahrt vor
seinem Haus, Jakob kommt ihm in dem Moment entgegen,
als wär nichts gewesen. Sofort steigt der Bürgermeister aus
und beginnt zu fragen.

»Wie geht es Ihnen heute?«

»Überraschend gut, danke. Ihnen?«

»Kann ich vielleicht was für Sie tun?«

»Naja, ich wollte fragen, ob es hier irgendwo einen
Internetzugang gibt.«

»Wozu brauchen Sie denn Internet?«

»Um meine Mails zu checken.«

»Aha. Aber ich denke bei uns in der Gegend finden
Sie nicht mal einen Computer.«

»Niemand besitzt einen Computer?«

»Wir hatten einmal einen, aber der hat sich dann
doch als nutzlos erwiesen und steht wohl in irgendeinem
Keller. Wir halten nicht so viel von dieser Technik.«

»Verstehe. Ist ja auch kein Muss, denke ich.«

»Richtig, richtig. Wir kommen auch so wunderbar
zurecht. Und was man so hört und liest, ist vieles davon
auch mehr Fluch als Segen.«

»Ist das nicht mit allem so?«

Der Bürgermeister schmunzelt, hat aber eigentlich keine
Lust drauf, mit dem Fremden noch mehr zu reden.

»Möglich. Wir sind alle einfache Menschen, wir
schätzen den Herrn, das einfache Leben und sind kurz
gesagt auch schon zu alt für all den Blödsinn.«

»Ach, dieser Blödsinn hält einen doch auch jung.
Meinen Sie nicht?«

»Da gibt es Besseres, um wirklich jung zu bleiben. Ruhe, Zufriedenheit, Maß und Ziel. Frische Luft und hin und wieder ein Spaziergang und ein Gläschen Rotwein am Abend.«

»Ach, das ist ihr Geheimnis? Mehr nicht?«

»Jeder muss selbst wissen, woher er seine innere Jugend und Motivation nimmt. Und es ist nicht so leicht, nach diesen Regeln auch tagtäglich zu leben. Das kann ich Ihnen versprechen. Man muss über die Jahre auf viel verzichten.«

»Demnach sind Sie zufrieden?«

Das Gespräch kippt augenblicklich.

»Warum sind Sie eigentlich noch hier? Ich hätte Sie gerne mitgenommen in die nächste Stadt.«

»Ich möchte noch einer Frage auf den Grund gehen.«

Die beiden sehen sich einen Moment lang an.

»Warum ich hier bin natürlich«, ergänzt Jakob.

»Dann wissen Sie das immer noch nicht?«

»Nein.«

Der Bürgermeister mustert ihn nochmals von unten bis oben. Der Fremde ist ihm mittlerweile zu suspekt und außerdem bezahlt der Bürgermeister alle Unkosten aus seiner Tasche.

»Solange ich Ihren Aufenthalt finanziere, wäre es mir ganz recht, wenn Sie sich damit beeilen. Das muss bald ein Ende finden, in Ordnung?«

Wieder sehen sich die beiden einen Augenblick zu lang an, Jakob nickt ein wenig.

»Es soll heute regnen«, antwortet er dem Bürgermeister. Dieser dreht sich um und geht zu seinem Haus.

»Ja, das habe ich auch gehört.«

Südlich vom Dorf fasst der Reporter gerade in den Kofferraum seines Autos, das dort nach wie vor auf der Wiese steht, und kramt mühsam den Reservereifen hervor. Den hat er nie zuvor gebraucht und er kämpft vor allem mit der Technik, wie dieser im Wagen verstaut ist. Jakob steht daneben, ist keine große Hilfe und sieht eigentlich nur zu.

»Da hast du aber noch ordentlich Glück gehabt«, wirft Jakob ein.

»Wenn man mich damit umbringen wollte, offensichtlich schon. Nur woher bekomme ich einen zweiten Reifen?«

Jakob sieht sich fragend um, entdeckt dabei den alten Mann, der wieder vor seinem Haus steht und die beiden beobachtet.

»Ich hoffe, es ist sonst nichts kaputt gegangen.«, fährt Jakob fort, blickt dann auf einen der Radkästen und zeigt mit einem Finger darauf, »Den ganzen Lack hat es hier runter gescheuert und sogar Metall ist sichtbar an manchen Stellen. Vielleicht ist eine Leitung kaputt geworden oder so.«

Der Reporter reibt einen Moment an der aufgescheuerten Stelle, als ob es sich bessern könnte.

»Womöglich die Bremsleitungen. Dann geht's nonstop nach Hause.«

Er duckt sich unter das Auto, um zu sehen, ob es vom Unterboden tropft. Sieht soweit gut aus.

»Dürfte nur die Räder und Radkästen erwischt haben.«

»Irgendwas hat es mit dem alten Mann«, sagt Jakob, sieht dabei aber weiterhin auf das Auto. Der Reporter dreht sich um und erkennt den Alten am Hügel. Dann erst versteht er.

»Ach der.«

»Sieh dir an, wie er uns anstarrt. Als ob er nichts Besseres zu tun hätte.«

»Wir sind hier auf dem Land. Die Leute hier haben nichts Besseres zu tun als andauernd zu starren. Fährt ein Auto vorbei, starren sie darauf. Fällt ein Kuh um, starren sie darauf. Weht der Wind, versuchen sie, auch darauf zu starren. Ein Unfall ist wenigstens mal ein guter Grund, zu starren.«

»Mag sein ...«

Der alte Mann dreht seinen Kopf zur Seite und Jakob blickt umgehend in dieselbe Richtung.

Aus dem südlichen Waldstück kommt ein Auto die Straße entlang auf das Dorf zu. Es fährt recht schnell, bis es am Stacheldraht abrupt langsamer wird und vorsichtig daran vorbeikurvt, um dann genauso langsam am Reporter vorbeizufahren.

»Siehst du, ein Auto. Lass uns darauf starren!«

Während er den Satz fertig spricht, sucht er Jakob, der verschwunden ist.

»Wo ist der denn wieder hin ...«, murmelt er für sich selbst in der Verwunderung.

Im vorüberfahrenden Auto erkennt der Reporter zwei Typen mit Sonnenbrillen und in dunklen Anzügen. Beide sehen ihn regungslos an. Das Auto hat ein Kennzeichen aus Wien und ist passend zu den Sonnenbrillen schwarz lackiert.

»Back in black«, fällt dem Reporter ein. Aber wie so oft ist niemand da, der lachen könnte, wenn er endlich mal etwas Lustiges sagt.

Das unbekannte Duo fährt weiter ins Dorf. Der Reporter sieht ihnen noch einen Moment nach, dabei entdeckt er auch Jakob, der ihnen scheinbar versteckt folgt und zwischen den Häusern verschwindet.

»Was geht denn jetzt ab …?«
Verlassen und verwundert bleibt der Reporter inmitten der Wiese, neben seinem noch immer unbrauchbaren Auto, zurück.

Der schwarze Wagen mit dem Wiener Kennzeichen bleibt vorm Café stehen und die beiden Männer, ebenso passend in Schwarz gekleidet, steigen aus. Sie sehen sich kurz um und setzen sich dann in den nach wie vor nicht sehr einladenden Gastgarten.

Die Café-Besitzerin gibt per Telefon bereits dem Bürgermeister über die neuen Besucher Bescheid.

»Ja, ist gut. Nur, dass du es weißt. Ich gehe jetzt raus zu denen.«
Sie legt auf und geht in den Gastgarten, wertet die beiden Männer schnell mit ihrem Blick und spult ihr Programm ab.

»Bitteschön, die Herren?«
Der erste Gangster nimmt seine Sonnenbrille ab, streift nur kurz ihren Blick und bestellt.

»Kaffee. Schwarz.«
Sie blickt auf den zweiten Gangster und wartet auf eine Bestellung. Als nach einer Zeit noch nichts kommt, fragt sie genervt nach.

»Und, was wollen Sie?«
Langsam dreht der zweite Gangster seinen Kopf in ihre Richtung, sieht aber nach wie vor in die Ferne.

»Ich würde gerne von Ihnen erfahren, ob jemand in dem feinen Dorf hier gelandet ist, der eigentlich nicht hierher gehört.«

»Was?«

»Sie haben mich schon verstanden.«
Die Café-Besitzerin muss schlucken.

»Ja, ein junger Mann.«

»Ein junger Mann also«, meint der zweite Gangster und dreht sich suchend von ihr weg und bemerkt dabei nicht, dass Jakob die beiden bereits beobachtet. Gut versteckt und etwas abseits.

Erst in der Sekunde fällt der Café-Besitzerin auf, dass der zweite Gangster bedeutend kleiner ist als der andere. Leider nicht weniger angsteinflößend. Weil es der absolut falsche Moment wäre, das zur Sprache zu bringen, erinnert sie sich wieder daran, um was es eigentlich geht. Allzu gerne sagt sie ihre Gedanken laut heraus, aber es wäre wohl nicht ratsam ausgerechnet gegenüber diesen Herren, etwas Falsches zu sagen. Also bemüht sie sich, zumindest freundlich zu sein.

»Sag ich doch. Zerrissene Kleider, dreckig von oben bis unten, kein Geld in der Tasche und scheinbar selbst keine Ahnung, warum er hier ist.«

Keine Reaktion, vorerst. Erst nach einem Moment reagiert der kleine Gangster doch.

»Interessant.«

Nach einem weiteren Augenblick steht er auf und stellt sich direkt vor die Café-Besitzerin, die sichtlich nervös wird.

»Wenn Sie den Fremden das nächste Mal sehen, können Sie ihm was ausrichten?«

Er streckt ihr 50 Euro entgegen, die sie mit großen Augen annimmt und fast doppelt so schnell redet.

»Aber natürlich kann ich das, gerne!«

Sie schnappt sich den Geldschein.

»Was soll ich denn ausrichten?«

»Dass wir ihn gefunden haben.«

XII.

Langsam ziehen dunkle Wolken über das Dorf und das sonst zögerliche Lüftchen, das die Bäume und kleinen Gassen durchzieht, baut sich zu einem doch recht merkbaren Wind auf.

Der Reporter geht die Durchfahrtsstraße hoch, die Café-Besitzerin räumt gerade den Gastgarten zusammen und stapelt die Sessel übereinander. Die Männer in Schwarz und das schwarze Auto sind bereits abgezogen und die Durchfahrtsstraße ist auch sonst menschenleer.

Im Vorbeigehen ruft der Reporter der Café-Besitzerin zu.
»Entschuldigung! Wissen Sie, ist der Bürgermeister da?«
Sie knallt den letzten Sessel gerade auf den Stapel und dreht sich schnaufend um.
»Wahrscheinlich.«
Er nickt kurz als Pseudo-Dankeschön, geht dann weiter zum Haus des Bürgermeisters. Ringsumher sucht er nach Lebenszeichen aller Art. Weder Jakob, noch irgendein Dorfbewohner ist zu sehen. Der Wettermann hat wohl recht behalten. Und scheinbar lebt das ganze Dorf nach seinen Prognosen.

Er klopft also einige Male lautstark an der Türe, bis der Bürgermeister endlich und sichtlich genervt öffnet.
»Was soll das denn?«
»Wie Sie vielleicht gesehen haben, hatte ich einen kleinen Unfall mit meinem Wagen.«

Der Reporter redet fast wie ein Talkshow-Host, der seinen Text auswendig gelernt hat. Auch weil er ahnte, wie der erste Teil des Gesprächs verlaufen würde.

»Ja, dann rufen Sie halt den Pannendienst.«

»Hätte ich zehn Euro mehr in meine Versicherung investiert, würde ich das auch tun. Da ich das nicht gemacht habe, kommt es wesentlich günstiger, mir einfach einen Reifen zu besorgen, damit ich zurück in die Stadt komme.«

»Das würden wir alle begrüßen.«

»Lustig.«

»Reservereifen?«

»Leider brauche ich zwei.«

»Und ich soll jetzt was machen? Einen schnitzen?«

»Sie könnten mir dabei helfen, einen zu besorgen.«

»Jetzt machen Sie mal halblang. Nur weil ich hier der Bürgermeister bin, heißt das nicht, dass ich für jeden Scheißdreck verantwortlich bin.«

»Geben Sie mir doch einfach Ihren Reservereifen.«

»Da denk ich doch nicht mal dran. Außerdem wird der auf Ihre Kiste nicht passen.«

»Und was genau sollte ich Ihrer geschätzten Meinung nach stattdessen machen?«

»Meine Güte, Sie sind ein erwachsener Mann. Und sonst auch nicht so einfallslos. «

»Jetzt kommen Sie schon.«

Der Bürgermeister sieht in die fragenden Augen des jungen Mannes.

»Wir haben gleich Gemeinderatssitzung und darauf muss ich mich vorbereiten.«

»Und Ihnen fällt sicher nichts ein?«

Der Bürgermeister merkt, dass abwimmeln sinnlos ist.

»Ich mache Ihnen einen Vorschlag«, meint der Bürgermeister gestresst, »In der Sitzung frage ich, wer einen

Reservereifen hat oder weiß, wo man so einen Schlingel auftreiben kann. Oder ob Sie jemand in die Stadt mitnehmen kann. Sobald ich was weiß, wissen Sie auch davon. In Ordnung?«
Der Reporter schätzt, dass dies das höchste der Gefühle ist.
»Ja. Danke, Herr Bürgermeister.«
Dieser nickt einige Male und klatscht sofort die Türe zu.
Ganz zufrieden ist der Reporter mit dem Ergebnis nicht.

Er dreht sich um und sieht ins leere Dorf. Staub wird über die Durchfahrtsstraße geweht. Gerade so, als würden unsichtbare Autos vorbeirauschen.
»Ich will nicht hier bleiben.«

Während die Wolken am Himmel immer dunkler werden, kämpft sich der Reporter mit seinem Reifenschlüssel durch das Unterholz des südlichen Waldstückes und kommt dann direkt an der Bahnstrecke, somit am Unfallort des jungen Pärchens, wieder ins Offene.

Das Unfallwrack sieht er sich genauer an, umkreist es und findet dann zumindest einen Reifen, der noch ganz gut aussieht. Sofort versucht er, mit dem Reifenschlüssel die Schrauben zu lockern.

Jakob war ihm gefolgt und schleicht sich, ähnlich wie der Reporter es gestern bei ihm gemacht hat, fast lautlos an ihn heran.
»Nicht so leicht wie gedacht?«
Der Reporter erschreckt sich, fragt dann aber sofort neugierig nach.
»Was war denn das vorhin?«

Er wirft Jakob nachdrücklich einen fragenden Blick zu und wendet sich danach wieder zum hoffentlich noch heilen Reifen.

»Ach nichts«, entgegnet Jakob ohne große Reaktion.

»Wer waren denn die Leute?«

»Niemand, den man kennen muss. Ich brauche dein Telefon.«

»Aber du kennst sie und das bedeutet ..?«

»Dass es bald Probleme geben wird und ich dein Telefon brauche.«

Einige Sekunden hält der Reporter inne, sieht ihn an und gibt ihm dann endlich das Telefon.

»Aber kurz halten. Hilf mir wenigstens noch den verdammten Reifen abzumontieren.«

»Ja gleich.«

Jakob wählt und geht dabei einige Meter vom Autowrack weg, um ohne Mithörer telefonieren zu können. Bald hebt jemand ab.

»Hier Hauptmann Streinzer«, beginnt er und hört dann einen Moment zu, »Ja. Sie haben mich gefunden.«

Jakob dreht sich kurz zum Reporter um, der vom Reifen abgelassen hat und auf Jakob wartet.

»Ich muss Sie bitten, mich schnell abzuholen. Nein, noch heute. Es wird hier zu heiß.«

Wieder horcht er am Telefon, sieht dann den Reporter sowie den noch kaum gelockerten Reifen am Autowrack an. Jakob atmet tief durch.

»Verstanden. Dann werde ich zusehen, dass ich heute noch in die Stadt komme. Danke.«

Jakob ist nicht gerade erfreut, blickt leer in die Gegend.

»Scheiße«, murmelt er etwas zu laut und geht dann wieder zum Autowrack und dem wartenden Reporter.

»Wieso hast du eigentlich nicht einfach einen Abschleppservice gerufen?«, fragt er diesen aus dem Bauch heraus.

»Ja, ja. Falls ich doch irgendwann wieder Zuhause sein sollte, werde ich als Erstes meinen Versicherungsvertreter anrufen, um mir dieses scheiß Abschlepp-Zusatzversicherungs-Drecksdings zu besorgen!« Wütend dreht er nochmal ruckartig am Reifenschlüssel, der sich aber nicht bewegt. Daraufhin lehnt er sich an das Wrack und sein Blick verliert sich im Leeren.

»Wie wäre es mit einem Taxi?«, versucht Jakob die Stimmung wieder zu heben.

»Hast du eine Ahnung, wo hier in der Gegend der nächste Taxistand ist? Und was das kostet? Sofern die überhaupt hierher kommen.«

»Ich denke, unsere Leben sind mehr wert als ein paar hundert Euro.«

»Ich möchte aber genauso wenig mein Auto hier lassen. Ich will nämlich einfach nie mehr wieder hierher kommen müssen.«
Nochmals reißt er wie wild am Reifenschlüssel, doch der starre Reifen vibriert nur eine schwache Sekunde.

»Deshalb willst du einen Reifen von einem Unfallauto stehlen, mit dem gestern zwei Menschen ums Leben gekommen sind?«
Beide sehen auf den Reifenschlüssel, der in dem Moment vor Anspannung von der Radmutter springt und im Dreck landet.

»Zumindest versuchst du es.«

Der Reporter streckt sich zu Jakob hoch und spricht mit Angst in der Stimme.

»Glaubst du nicht, die würden es nicht auch so machen? Wären die beiden noch am Leben, würden sie alles dafür tun, von hier zu verschwinden!«

»Dann rufen wir einfach ein Taxi.«

»Oder du kommst jetzt endlich her und hilfst mir mit diesem scheiß sturen Reifen!«

Schnell beugt er sich nach unten und hebt den Reifenschlüssel aus dem Dreck, hält diesen Jakob entgegen und redet weiter.

»Dann montieren wir den an mein Auto und sind in zehn Minuten weg. Ende der Geschichte. Klar?«

Die beiden sehen sich wortlos an.

»Ist ja schon gut«, entgegnet Jakob und kommt näher, nimmt den Reifenschlüssel und nun kämpfen beide mit den eigensinnigen Muttern des für sie so wichtigen Reifens.

XIII.

Tatsächlich ist der Reifen nach kürzester Zeit abmontiert und der Reporter bereits bei seinem Auto angekommen — ohne den gestohlenen Reifen. Damit kommt Jakob die Wiese hoch und rollt das lebensrettende Teil fast ein bisschen zu gemütlich vor sich her.

Mühsam stemmt der Reporter sein Auto mit dem Wagenheber hoch, der auf einem Stück Holz gelagert ist und dieses immer weiter in die Wiese presst, je mehr Gewicht der kleine Wagenheber ertragen muss.

»Komm her mit dem Reifen!«, ruft er Jakob zu. Der kommt um das Auto und rollt das Objekt der Begierde zum leeren Radkasten.

»Jetzt bin ich doch froh, hier langsam wegzukommen«, meint Jakob als er merkt, dass die nicht ganz koschere Reparatur fast abgeschlossen ist.

»Du hättest sowieso schon längst weg sein können. Nun heb ihn hoch, wir wissen noch nicht, ob er überhaupt passt.«
Mit einem Ruck ist er in der Luft und mit dem nächsten reibt er langsam über das Gewinde und beruhigt sich. Wie die Faust aufs Auge.

»Gott sei Dank!«, schnauft der Reporter.

»Du wusstest also nicht, ob er passt?«

»Was willst du von mir? Ich bin kein Mechaniker. Und er passt doch!«

»Du meinst, ich hab diesen Reifen bis hierher geschleppt und du wusstest nicht, ob er passen würde?«

»Du hast ihn doch die meiste Zeit gerollt und hattest schon fast Spaß dabei. Und jetzt halt die Klappe und hilf mir.«

»Vier Schrauben wirst du wohl noch festdrehen können.«

»Ja, dann bleib halt, wo du bist und sieh mir dabei zu.«

Kurz ist Ruhe.

»Da sind einige Ziffern auf dem Reifen. Die zeigen Durchmesser ...«, er wird unterbrochen.

»... irgendwie hab ich gerade keine große Lust, etwas über Reifen zu lernen. Danke.«
Jakob muss grinsen. Am Hügel sieht er wieder den alten Mann, der gerade das Haus verlässt.

»Der Alte geht ins Dorf.«
Der Reporter sieht über sein Auto hoch, bis er ihn entdeckt.

»Du bist besessen von dem Alten. Hör auf damit.«

»Zumindest könnte ich mich ein bisschen in seinem Haus umsehen, wenn er gerade nicht da ist.«

»Mann, wir wollten doch endlich abhauen!«

»Gib mir zehn Minuten. Bis du die Schrauben festgedreht und dich beruhigt hast, bin ich wieder da.«

»Haha. Zehn Minuten. Wenn du nicht da bist, hast du noch bis morgen Früh zu lachen.«
Jakob sieht ihn fragend an.

»Das bedeutet, dass ich weg sein werde!«

»Ach, Tatsache? Nicht immer alles so schwarzmalen. Bin ja gleich wieder hier.«

»Die Uhr tickt.«
Schnell huscht Jakob die Wiese hoch zum Haus, verhandelt dabei lautstark mit dem Reporter.

»Vielleicht doch fünfzehn Minuten?«
»Zehn habe ich gesagt!«

Jakob kommt den Hügel hoch und geht die letzten Schritte zum Haus des Alten besonders vorsichtig. Er sieht sich um und als ob er es geahnt hätte, findet er den Schlüssel direkt vor der Haustüre, schlecht versteckt unter einem Blumentrog.
»Die Leute am Land ...«
Als Jakob die Türe aufsperren möchte, springt sie einfach auf. Unversperrt. Jakob dreht sich verwundert um die eigene Achse auf der Suche nach jemanden, der ihm einen Streich spielt. Da ist niemand.

Der Reporter kämpft weiter mit dem Reifen und ärgert sich über Jakobs gelassene Neugierde.
»In zehn Minuten bin ich sowas von weg hier. Könnten auch neuneinhalb werden. Die Uhr tickt und ich bin dann weg. Ticktack.«

Auf die Weite, am Anfang des Waldstückes im Halbdunklen, erkennt der Reporter mit gekniffenen Augen zwei Scheinwerfer, die zum Auto mit dem Wiener Kennzeichen gehören müssen. Im nächsten Moment gehen die Scheinwerfer aus. Der Reporter wittert, dass sich wieder etwas anbahnen würde.

Jakob wirft noch einen letzten Blick zurück zum Reporter, bemerkt dabei nichts vom Auto im Waldstück und betritt das Haus des alten Mannes.

Fokussiert zieht der Reporter mittlerweile etwas schwitzend die letzte Mutter an. Er ist sichtlich zufrieden, setzt sich dann hinter das Auto und schaut auf die Uhr.

»Vier Minuten. Verdammt!«

Leicht gestresst und kurzatmig sieht er in die Ferne und nochmals runter ins Waldstück. Jemand nähert sich von hinten.

»Mah, ich tus einfach! Ich pfeif auf all das hier. Kündigen und weg. Das gibt eventuell mehr Stress, aber mir wird es in der Provinz hier einfach zu abgedreht. Das ist auch stressig«, beruhigt er sich selbst und ist sich damit gleichzeitig die beste Ablenkung. Die dunkle Gestalt, die auch Jakob in der Nacht besucht hat, steht direkt hinter ihm.

Auch wenn er annehmen kann, dass gerade niemand hier ist, geht Jakob so leise wie möglich durch das alte Haus. Der Boden knarrt, langsam legt Jakob den Schlüssel auf die Kommode neben der Eingangstüre.

Er orientiert sich, geht dann an die Wand, die ihm bei seinem Besuch kürzlich bereits ins Auge gestochen war. Die Fußspuren sind zwar weg, aber er ist sich sicher, dass sie an dieser Wand endeten. Und da er sich auch sicher ist, dass man nicht einfach durch eine Wand laufen kann, ist er nun auf der Suche nach einem Zugang.

Er drückt einige Male gegen die Wand und die lässt sich tatsächlich einige Millimeter bewegen. Ein metallisches Klicken ist zu hören. Wie das Geräusch eines Türschnappers der gegen Metal klackt, wenn man gegen eine Türe presst.

Wieder sieht er sich um und versucht einen Türgriff, ein Schloss oder eine Mechanik zu finden, um die versteckte Türe aufzubekommen.

Rat-, aber nicht hoffnungslos, streift er mit der Hand über die Geheimtüre. Es ist nichts zu finden. Gleich neben der Tür fallen ihm zwei alte Lichtschalter auf, die mittlerweile eher gelb als weiß sind und nach oben und unten zu schieben sind. Wie kleine Hebel. Er versucht den Ersten. Ein recht lautes Klacken ist zu vernehmen, es passiert aber sonst nichts. Dann legt er den Schalter wieder zurück. Klack.

Zweite Chance. Jakob bedient den anderen Schalter, der nicht oben einrastet, sonder wie ein Taster funktioniert und tatsächlich mit einem Surren die Geheimtüre öffnet. Jakob schüttelt verwundert und erleichtert lächelnd den Kopf.
»Das war ja einfacher als gedacht.«

Die versteckte Türe öffnet sich und vor ihm liegt ein dunkler Raum. Nur wenige Strukturen lassen sich erkennen. Auf gut Glück legt er den ersten Schalter erneut um und tatsächlich wird es hell. Eine Treppe führt nach unten in den versteckten Kellerraum.

Sichtlich nervös folgt er den Stufen nach unten und lässt die Geheimtür einen guten Spalt offen. Die Holztreppe macht immer wieder dumpfe Geräusche, die unheimlich im Raum widerhallen. Es erinnert ihn an die düsteren Duschen im alten Schwimmbad seiner Kindheit. Keiner wollte dort alleine hinein und es hallte ganz ähnlich wie hier. Anstatt nach Chlor, riecht es halt nach Putzmittel, bildet er sich zumindest ein.

Jakob betritt den Raum. Weiße Fliesen an allen Wänden, am Boden und an der Decke. Obendrein kaltes Neonlicht, das ihn wiederum an nichts Gutes erinnert. Es sieht sehr sauber aus, fast wie in einem Sektionsraum einer Pathologie.

Das Waschbecken ist aus Stahl gemacht, Kästchen an der Wand mit kleinen braunen Fläschchen und fein säuberlich sortiertes Operationsbesteck. Jakob atmet ein paar Mal durch, um am Boden zu bleiben.

Mitten im Raumes steht ein großer Tisch, auch aus Metall gefertigt, verziert mit Lederriemen. Wohl um eine Person darauf zu fixieren. Neugierig durchstreift sein Blick weiter den Raum.

Im Erdgeschoss über Jakob öffnet sich die Eingangstüre. Jemand kommt ins Haus und entdeckt den Schlüssel auf der Kommode. Er geht vor zur Geheimtür, die immer noch einen Spalt geöffnet ist.

Als die Hand die Geheimtür berührt, rutscht der Ärmel des Pullovers nach hinten und man erkennt das Tattoo der Comic-Frau auf dem Arm.

Mit einem Ruck fällt die Tür wieder ins Schloss und ist versperrt.

Jakob steht im hallenden Raum. Das Schließen der Türe wiederholt sich gefühlt hundert Mal. Als würde der Raum ihn auslachen. Erschrocken schaut er die Stiege hoch und versucht herauszufinden, ob jemand in den Raum gekommen ist.

Dann ist es dunkel.

Jakob sieht gar nichts mehr. Keinen Lichtschein. Keine
Strukturen. Nicht einmal ein Lämpchen. Nichts.
　　　»Scheiße.«

XIV.

Es ist bereits Nacht geworden. Wild regnet und stürmt es, Äste knallen ans Haus des alten Mannes und kratzen wie Fingernägel die Außenwand entlang.

Im Keller kriegt man nur wenig davon mit. Dumpf kann Jakob erahnen, was draußen vor sich geht. Es ist nach wie vor komplett dunkel. Zwischen den undeutlichen Geräuschen des Regens glaubt er, etwas zu hören.

Das Licht geht an, Jakob presst seine Augen zusammen, die sich bereits an die Finsternis gewöhnt haben. Er liegt unter der Treppe, das quälende Neonlicht kostet ihn Zeit, bis er die Augen öffnen kann, um Klarblick zu bekommen.

Mit einem Surren schnalzt die Geheimtür auf, im nächsten Moment stapft der alte Mann die Stufen herunter. Jakob kauert weiterhin leise unter der Treppe. In dem kahlen Raum hat er sowieso keine Chance, sich zu verstecken.

Der alte Mann geht weiter zum Seziertisch, legt eine verdammt große Spritze darauf. Wieder hallt es durch den Raum. An der irritierend breiten Nadel ist ein wenig Blut. Daneben platziert er ein Fläschchen mit einer wasserähnlichen Flüssigkeit sowie ein weißes Tuch, das mit schlammiger Erde und womöglich auch ein wenig Blut verdreckt ist.

Ohne jegliche Regung geht der Alte weiter zum Waschbecken, dreht den Hahn auf und lässt Wasser dumpf in das große, metallische Becken plätschern. Als er anfängt, sich die Hände zu waschen, sieht Jakob seine Chance, im Schatten des Lärms aus dem Keller zu verschwinden.

Er windet sich so leise und schnell wie möglich unter der Treppe hervor, rennt schlagartig mit flottem Puls die Stufen hoch.

Der alte Mann steht nach wie vor am Waschbecken. Tatsächlich konnte er Jakob nicht hören, dafür hat er ihn längst über den vor ihm hängenden Spiegel gesehen. Unbeeindruckt säubert er sich seine Hände, dreht den Hahn ab, trocknet sich dann mit einem Handtuch und scheint es damit nicht eilig zu haben.

Sobald Jakob aus dem Haus draußen ist, rennt er die Strecke, die er früher hochgekommen war, hinunter auf die Wiese. Es sieht eigenartig und irgendwie anders aus in der Nacht und im Regen. Jakob muss sich erst orientieren. Der Wind peitscht die Bäume ringsumher in die Knie und ein dauerndes Rauschen frisst jegliche Geräusche auf. Die Wiese ist matschig und rutschig geworden.

Die vergangenen Stunden in absoluter Dunkelheit waren ihm Lehre und Zeit genug, um einerseits seine Neugierde zu bereuen und andererseits auch, um sich genau auszudenken, was er tun würde, sollte er es wieder nach draußen schaffen. Seine größte Sorge dabei war, dass der Reporter das Weite gesucht hat. Die vereinbarten zehn Minuten waren schließlich schon seit Stunden vorbei. Zu seiner Überraschung steht das kleine Auto genau dort, wo er es zuletzt gesehen hat.

Auf den letzten Metern zum Auto erkennt er mehr Fußspuren im Matsch, als es sein dürften. Die Jacke des Reporters liegt am Boden neben der noch etwas geöffneten Fahrertür. Es stinkt förmlich nach einem Tatort.

Im schwachen Licht versucht er, zu rekonstruieren, was hier geschehen ist. An der Fahrertür gibt es Handabdrücke, die aus Matsch und vermutlich auch aus Blut bestehen. Sicher kann Jakob aber nicht sein, der Regen hat bestimmt viele Spuren weggespült.

Angespannt sieht sich Jakob um, ob er denn wirklich allein und unbeobachtet ist. Die Dunkelheit und der Regen sind ihm zumindest ein guter Schutz auf offenem Feld. Er war unvorsichtig hierher gelaufen, was aber egal ist. Wohin sollte er sonst? Rund um das Auto sucht er nach weiteren Hinweisen.

Erst unter dem Auto wird er fündig: Er bückt sich soweit es geht nach unten, sein Schuh rutscht dabei nach hinten und Jakob landet seitlich im Matsch. Unirritiert davon fasst er unter das Auto und zieht das Handy hervor, das der Reporter wohl verloren hat. Es ist ausgeschaltet und sowieso durchnässt und voll mit Dreck. Es lässt sich auch nicht aktivieren.

Jakob baut das Handy komplett auseinander, tupft es mit seinem T-Shirt so gut es geht trocken und gibt es in Teilen zerlegt in die Innentasche seiner Jacke.

Zur gleichen Zeit kommt der alte Mann gemütlich aus dem Keller geschlendert, schließt die Geheimtüre, schaltet im Keller das Licht aus und geht zum Telefon im Vorraum. Er wählt und sofort meldet sich eine Stimme am anderen Ende der Leitung.

»Er ist wieder draußen. Beeilen wir uns.«, befiehlt der Alte, hört noch kurz zu und antwortet.

»Gut. Aber passt auf, er ist nicht blöd.«

XV.

Am nächsten Morgen ist es ruhig. So ruhig, wie es nach einer verregneten und stürmischen Nacht nur sein kann.

Der Schein trügt. Es dauert nicht lange, bis die Dorfbewohner aus dem Schutz ihrer Häusern hervorkriechen. Einer nach dem anderen, um mit Hilfe des Tageslichts in jeder Ecke nach dem Fremden zu suchen.

Jakob befindet sich nach wie vor auf freiem Fuß, hat die suchenden Bewohner bereits entdeckt und eigentlich nur darauf gewartet, bis er endlich jemanden aus seinen Riegen telefonisch erreichen könnte. Aus diesem Grund ist er auch in der Gefahrenzone unterwegs und macht sich still und heimlich auf den Weg zur Telefonzelle.

Geschickt an den Blicken der Dorfbewohner vorbei, an Hausecken und hinter Büschen, hockt er sich also in die Telefonzelle und wählt 133. Gespanntes Warten.

Nichts geschieht. Er hängt den Hörer wieder auf, nimmt ihn wieder ab und wählt nochmals. Wieder nichts. Sein irritierter Blick aus dem Fenster der Telefonzelle folgt einem schwarzen Kabel, das vom Dach der Telefonzelle hängend unweit davon am Boden unter einem abgerissenen Ast liegt.

»Echt jetzt? Verdammt«, entkommt ihm leise.

Jakob schaut eine Weile ins Leere. Sein Atem beschlägt die Scheibe und er beobachtet das Beschlagen und Verdampfen. Er denkt nach. Viele Möglichkeiten hat er sowieso nicht. Hier bleiben kann er jedenfalls nicht.

Sekunden später schleicht er um die Telefonzelle und verschwindet zwischen den Gemäuern der Häusern.

»Er kommt in deine Richtung«, sagt einer der beiden Gangster in Schwarz in sein Handy, nachdem er aus der Ferne Jakob entdeckt hat. Er legt wieder auf, packt das Handy weg und geht parallel zu Jakob, um einen potenziellen Fluchtweg zu versperren.

Jakob rennt aus dem Dorf hinaus nach Süden, die lange Gerade hinunter, am Auto des Reporters vorbei, bis zum Anfang des Waldstücks. Dort liegen ein Baum und einige Äste direkt über dem Weg und blockieren die einzige Zufahrtsstraße.

Für einen, der zu Fuß unterwegs ist, ist das natürlich kein unüberwindbares Hindernis. Er macht sich eher darüber Sorgen, dass er wohl einige Kilometer brauchen wird bis er im nächsten Ort und hoffentlich in so etwas wie Sicherheit sein wird. Auf dem Weg dorthin kann noch einiges passieren. Auch wenn er nicht weiß, was ihn erwartet: Hierzubleiben ist auf jeden Fall keine Option mehr. Da ist ihm die Lust gänzlich vergangen.

Als Jakob sich über den umgefallenen Baum hievt, bemerkt er das schwarze Auto direkt neben der Straße, weshalb er etwas vorsichtiger wird. Durch die Frontscheibe kann er niemanden erkennen, es scheint verlassen zu sein.

Er ändert den Plan und geht zum Auto, begutachtet es aus der Nähe und versucht, es zu öffnen. Abgeschlossen. Es wär auch zu simpel gewesen, einfach mit dem Auto der Gangster abzuhauen und ihnen gleichzeitig den Wagen zu nehmen. Ein willkommener Schritt nach vorne wäre das gewesen. Aber nein.

Plötzlich macht es klick und das Auto öffnet seine Schlösser mit blinkenden Lichtern. Womöglich eine Falle? Ein Blick aufs Auto und dann rundherum bis Jakob den kleinen Gangster erkennt, der mit einer Pistole auf ihn gerichtet, langsam näherkommt.

»Und jetzt brav einsteigen«, erklärt der kleine Ganove und deutet arrogant mit seinem Kinn in Richtung Auto. Als wär nicht schlüssig, wovon er redet.

»Ich bin mir sicher, wir können diese Sache irgendwie bereinigen«, plaudert Jakob vor sich hin.

Gangster Nummer zwei bäumt sich plötzlich hinter Jakob auf. Tatsächlich eine Falle, wenn auch mit etwas Glück. An Zufall zu glauben, wär jetzt schon naiv. Der größere Gangster ist ganz schön außer Atem. Komisch, dass Jakob ihn trotzdem nicht bemerkt hat. Das Schnaufen kommt näher und gleich hat Jakob auch noch einen kalten Pistolenlauf im Nacken.

»Du hattest deine Chance.«
Jakob ist überrascht und hebt ohne Aufforderung seine Hände hoch. Ab sofort verspricht die Situation keinen großen Erfolg mehr. Der kleine Gangster wiederholt sich nur ungern und um einiges bissiger.

»Ich hab gesagt, du sollt einsteigen.«

Jakob greift zur Beifahrertür. Der kleine Gangster verdreht die Augen und schüttelt den Kopf. Rückbank also. Der Kleine bewacht die Szenerie, während der Große sich zu Jakob auf die Rückbank setzt.

Erst als Jakob wieder in Kimme und Korn des Großen ist, setzt sich der Kleine auf den Fahrersitz und startet den Wagen. Dann blickt er über den Rückspiegel in Jakobs Gesicht und der auf der Rückbank neben ihm fängt an, zu diskutieren.

»Hast du wirklich geglaubt, dass du uns entkommen kannst? Nach dem ganzen Scheiß?«

»Nein?«, entgegnet Jakob zögerlich.

»Doch«, fährt er weiterhin mit der Pistole im Anschlag fort, »Beeindruckend, wie du das gemacht hast. Wirklich. Immerhin haben wir dich abgeknallt und in den Wald geschmissen. Ins Nirgendwo!«

»Dann habt ihr wohl nicht sauber gearbeitet.«
Der Witz scheint nicht zu zünden.

»Das passiert uns fix nicht noch einmal.«

»Im Nachhinein lässt sich das leicht sagen«, witzelt Jakob schon fast, »gutes Personal ist heutzutage Mangelware. Das weiß doch jeder.«

Der Gangster am Steuer grinst, legt den Gang ein und fährt an. Der Gangster am Rücksitz starrt Jakob immer noch regungslos an.

»Wohin bringt ihr mich jetzt?«

»Als ob du das nicht wüsstest«, kläfft sein Sitznachbar sichtlich angepisst. Jakob erkennt einen möglichen Zusammenhang zwischen der auf ihn gerichteten Waffe und dem auffällig großen Polster neben ihm.

»Stört es, wenn ich mich anschnalle?«
Der Sitznachbar zuckt mit den Schultern.

»Dann kommst du auch sicher beim Chef an.«
Jakob schnappt sich den Gurt, der neben ihm liegt und vorne an der Sitzbank nach unten hängt.

»Ist das mein Gurt?«, fragt er naiv.

»Nein, das ist der Mittlere ...«

Obwohl der Gangster auf der Rückbank den Gurt visiert, geht Jakob auf volles Risiko.

Im passenden Augenblick spannt Jakob seinen Körper an, um im nächsten Moment den Gurt fluggs zweimal um die Hand des Gangsters neben ihm zu wickeln. Bevor dieser versteht was Jakob vor hat, ist der Gurt bereits durch die Kopfstütze des Fahrersitzes gezogen und Jakob kann mit dem Gurt die Hand mitsamt Waffe von sich weg fixieren. Das alles geht so schnell, dass weder der eine noch der andere Gangster reagiert. Adrenalin! Und eine Spur von Glücksgefühl steigen in Jakob hoch. Herzklopfen.

Nun kann Jakob mit der linken Hand den Gurt spannen, mit der rechten Hand die Waffe des Gangsters halten und mit seinen Füßen spreizt er diesen gleichzeitig zur Beifahrerseite, sodass der sich kaum mehr bewegen kann. Dafür aber schreien.

»Bleib stehen! Verdammt bleib stehen!«

Der Gangster am Fahrersitz schaut irritiert in den Rückspiegel, dann spannt Jakob den Gurt weiter an, bis der große Gangster vor Schmerz zu schreien beginnt.

»Jetzt bleib endlich stehen, du Idiot!«, kommt lauthals und jammernd aus seinem Mund.

Der Fahrer bremst abrupt ab und gleich geht das Handgemenge weiter. Jakob weiß, dass es um sein Leben geht und ist entsprechend motiviert. Zumindest bis ihn der Gangster vom Vordersitz aus anbrüllt.

»Schluss jetzt!«

Jakob blickt nach links und direkt in den Lauf einer Pistole. Schwer atmend visiert er den Gangster hinter der Pistole an, der ihn mit hochrotem Kopf fixiert hat.

»Dann also doch in den Kofferraum mit dir.«
Mit Blick in die ernsten Augen des Gangsters lockert Jakob den Gurt. Dann schwenkt Jakobs Blick vorbei am Gangster, es tut sich etwas hinter ihm .

»Ist das …?«, meint Jakob leise.

»Meinst du, ich fall auf so einen bescheuerten Trick herein?«
Doch auch der Gangster am Rücksitz beugt sich, um durch die Windschutzscheibe auf die Straße zu sehen und beantwortet Jakobs Frage.

»Nur ein Traktor.«
Jakob sieht weiterhin nach vorne. Der Traktor kommt in unpassend hohem Tempo immer näher.

»Das denke ich nicht«, spricht Jakob und geht mit dem ganzen Körper weiter zurück. Er hat diesen Traktor nämlich schon einige Male gesehen.

»Doch, es ist ein Traktor. Was soll es denn sonst sein? Ein Geschirrspü…«
Sofort gibt der Traktor noch mehr Gas, zieht dabei schnelle Kurven und beansprucht die komplette Straße für sich. Aggressiv wird er noch schneller und lauter. An der Vorderseite hängt ein großes Gewicht aus Eisen.

Der Gangster am Rücksitz sieht sich um, blickt nach hinten und links und rechts. Eher planlos.

»Naja.«
Er schnallt jetzt, dass ihr Auto quer über die Straße zum Stehen gekommen ist. Die Fahrertüre könnte als erstes vom wuchtigen Eisengewicht des Traktors getroffen werden.

»Er wird nicht langsamer!«, wirft Jakob ein,
»Können wir bitte von dieser scheiß Straße runter?«
Auch der Gangster am Fahrersitz dreht sich nun endlich um,
sieht den Traktor eine Sekunde mit großen Augen an und
dreht sich gleich wieder zur Rückbank.

»Wieso wird denn der nicht langsamer? Wir stehen
mitten auf der Straße!«

»Woher soll ich das wissen?«, antwortet Jakob
beinahe schlagfertig. Der Gangster auf der Rückbank drückt
den anderen Gangster wieder nach vorne und schreit ihn an.

»Dreh dich halt um und fahr endlich los!«
Jakob versucht verzweifelt die Türe zu öffnen.
Kindersicherung sei Dank muss er sich dann über den
Gangster beugen und es auf der Beifahrerseite versuchen.
Wieder Fehlanzeige und außerdem drückt der Gangster ihn
zurück auf seinen Platz.

»Was wird denn das?«, fragt er Jakob schnippisch.

»Na was, ich will hier raus!«

»Du bleibst schön hier …«

Es bleibt nicht mehr viel Zeit. Der Traktor fährt Vollgas, als
würd er das Auto nicht sehen und macht keinerlei Anstalten,
langsamer zu werden. Nicht einmal ausweichen könnte man
dem wuchtigen Gefährt, weil es die gesamte Straßenbreite in
Anspruch nimmt.

Endlich startet der kleine Gangster das Auto. Durch die
Aufregung springt der Funke nicht über, weil er zu kurz am
Schlüssel dreht und seine feuchten Hände immer wieder
vom Schlüssel rutschen.

»Nicht jetzt, komm schon!«, versucht er den alten
Wagen zu motivieren. Seine Augen werden größer, je näher
der Traktor kommt.

Jakob versucht weiterhin, aus dem Auto zu flüchten, wird allerdings eifrig vom sturen Sitznachbarn blockiert, der selbst offenbar Harakiri machen will.

»Du kommst nicht raus!«

»Seid ihr denn komplett bescheuert?«

»Jetzt fahr endlich!«, ruft der Gangster von der Rückbank vor, »Fahr!«

»Der macht uns komplett platt!«, schreit Jakob, obwohl das bereits allen klar sein sollte.

Der am Fahrersitz kämpft immer noch mit dem Motor, es wird langsam wirklich eng. Im nächsten Moment brummt endlich die Maschine auf, die im Gegensatz zum Traktorlärm kaum wahrnehmbar ist.

Der Traktor ist schon nahe, dann geht es schnell. Rückwärtsgang – gefolgt von einem gewagten Bremsmanöver um knapp 155 Grad zu wenden. Kurz vor der Kollision gibt der Kleine richtig Gas und zieht das Auto der doch eher trägen Zugmaschine davon.

Entspannung im dunklen Wagen.

»Das wurde aber echt Zeit«, kommentiert der Gangster von der Rückbank.

»Ja ja, schon gut. Wer war das überhaupt?«, fragt der Fahrer.

»Fahren die bei der Polizei neuerdings Traktoren?«, fragt der Gangster am Rücksitz und Jakob grinst ihn künstlich an.

»Leck mich. Das müssen diese Proleten sein.«

»Welche Proleten?«

»Zwei Irre aus dem Dorf.«

»Ach so«, beginnt sein Sitznachbar überzogen sarkastisch, »die Irren aus dem Dorf. Das erklärt einiges. Womöglich haben die auch ...«

Das Auto wird langsamer. Da sie umgedreht haben, um vom Traktor zu flüchten, kommen sie wieder näher an das Dorf ran. Und dort im Waldstück vor der Wiese liegen nach wie vor der Baumstamm und Geäst quer über der Straße.

»... den Baumstamm auf die Straße gelegt? Gut möglich«, beendet Jakob den Satz.

Die beiden am Rücksitz starren ausdruckslos auf den Baumstamm und drehen sich fast gleichzeitig um, weil von Fern dröhnt abermals dieser Traktor auf sie zu.

»Nicht schon wieder ...«, verzweifelt der Gangster auf der Rückbank. Er ist schon ein bisschen unmotiviert.

»Fahr!«, schreit er dann nach vorne.

Der Gangsterfahrer kuppelt ein, dreht hoch und biegt kurz vor dem Baumstamm in einen Trampelpfad ins Irgendwo. Der Traktor kommt näher und näher und hat natürlich keinerlei Probleme mit dem Trampelpfad und seiner Umgebung. Ganz im Gegensatz zum schwarzen Auto, das nach kurzer Strecke keinen ruhigen Meter mehr findet. Jede Unebenheit bekommen die Insassen deutlich zu spüren. Der Gangster am Steuer ärgert sich doppelt und in Gedanken spottet er einer Erinnerung nach.

»Nein, nein! Wir brauchen kein neues Auto, alles funktioniert wunderbar ... Ein SUV ist viel zu teuer ... Wozu braucht ihr einen SUV in der Stadt? ... Et voilà: Hier haben wir den Salat!«

Mit dem Traktor im Genick gibt es kein Langsamerwerden. Der Kleine drückt ordentlich aufs Gas, die beiden auf dem Rücksitz werden entsprechend durchgeschüttelt.

Der Verfolger ist sehr nahe. Dem Waldwege sei Dank, kann das ungeschickte Gefährt mit der Geschwindigkeit des Autos locker mithalten. Zwischendurch schaltet auch er und dreht hoch.

Der Arm, mit dem der Verfolger im Traktor die Gänge schaltet, zeigt das Tattoo der Comic-Frau. Es ist derselbe Fahrer wie im Zug. Er hat auch das Auto der Jugendlichen platt gemacht und Jakob im Zimmer besucht und ihn die Nacht über im Keller eingesperrt.

»Fahr wieder auf die Straße!«, schimpft der Gangster auf der Rückbank und ist dabei ein bisschen blass um sein Näschen.

»Wie denn, bitte? Umdrehen und am Traktor vorbei?«
Angespannt sieht Jakob nach hinten, der Traktor ist nur noch einen Katzensprung entfernt.

»Wieso knallst du den Kerl nicht einfach ab?«, fährt er seinen Sitznachbarn an und drückt dabei die Hand des Gangsters mit der Pistole neben ihm vorbei ans Heckfenster. Der Gangster ziert sich.

»Lass mich in Ruhe!«
Viele Optionen gibt es nicht, das wissen alle. Der Gangster legt also die Waffe an, konzentriert sich und versucht, die Waffe ruhig zu halten beim Zielen. Er atmet einmal tief ein und schießt. Sogleich splittert die komplette Heckscheibe, die Kugel prallt vom Traktor ab.

Der fahrende Gangster erschreckt sich und verreißt das Lenkrad. Er hat im Chaos nicht mitbekommen, was los war auf der Rückbank. Zumindest wird der Traktor einen Moment langsamer.

»Sind wir getroffen?", schreit er vom Fahrersitz nach hinten.

»Nein, ich hab geschossen!"

»Warnt mich, wenn ihr herumballern wollt, verdammt!«

»Das bringt doch nichts, wenn du ihm auf die Reifen schießt!«, schreit Jakob laut, um die Geräuschkulisse, die durch die fehlende Fensterscheibe gerade um einiges gewaltiger geworden ist, zu übertönen.

»Jetzt halt endlich mal die Klappe!«
Sogleich wird der Traktor wieder schneller und stößt das erste Mal mit seinem eisernen Frontgewicht in den Kofferraum des Autos. Wieder schießt der Gangster von der Rückbank aus auf ihn. Wieder passiert nichts.

Den kleinen Erdhügel am Waldweg meistert das Auto mit einem Sprung, dann eine breitere Lichtung und genug Platz auf der rechten Seite, sodass der Traktor sich parallel zum Auto einordnet.

»Kannst du dich endlich um diesen Irren kümmern?«, schreit der Fahrer in dem Augenblick, als der große Vorderreifen des Traktors den rechten Rückspiegel spatzt, über den der Fahrer den Gegner gerade noch beobachten konnte.

»Jetzt gib Gas!«, ruft der Gangster von hinten.

»Weiter nach links!«, setzt Jakob nach.
Wie ihm von den Co-Piloten angewiesen wird, gibt der Fahrer Gas und lenkt nach links, der nasse und schlammige Boden lässt nach wie vor keine höheren Geschwindigkeiten

zu. Der Traktor fährt weiter nach rechts – um Schwung zu holen. Dann hat er wieder das Auto im Visier.

Links Gebüsch und Geäst, rechts der Traktor und vor ihnen ein abgesägter Baumstamm, der unpassend königlich aus der Erde ragt.

»Festhalten!«

Um dem Baumstamm auszuweichen dreht der Gangster nach rechts ab, gibt Vollgas, springt über eine Wurzel des Stumpfes und landet knapp vor dem Traktor, der sogleich Vollgas kriegt. Das Frontgewicht drückt sich in die Beifahrerseite, das Auto dreht sich quer.

Der Traktor schiebt das Auto ohne große Anstrengung vor sich her wie ein hungriger Dinosaurier seine machtlose Beute, der matschige Boden bietet kaum Widerstand für die Reifen. Die Türen der Beifahrerseite werden immer mehr vom Eisengewicht eingedrückt, zugleich wird der Wagen an dieser Seite immer weiter nach oben geschoben.

Der Gangster am Rücksitz schreit panisch und kämpft sich zur linken Seite, um nicht von dem sich knickenden Blech der Türe verletzt zu werden. Das Fensterglas springt und Splitter verteilen sich im schon sehr zur Fahrerseite gekippten Innenraum. Der Waldweg führt bergab. Einige Dutzend Meter vor ihnen tut sich ein Abhang auf mit gefällten Bäumen und Baumstümpfen, die aus der Erde ragen.

Noch einmal gibt der Traktor Vollgas, es wird richtig laut. Plötzlich Stille. Der Traktor kommt zum Stehen. Das Auto löst sich mit einem Ruck vom Eisengewicht, schlittert quer bergab und dem noch steileren Abhang entgegen.

Es prallt mit voller Wucht seitlich mit den Reifen gegen Baumstümpfe und überschlägt sich einige Male, bis der Abhang das ramponierte Auto auffängt und es aus sämtlichen Löchern rauchend im Gebüsch hängen bleibt.

Endlich ist es wieder ruhig. Von weitem vernehmen die Verfolgten das Standgeräusch des Traktors. Sein Fahrer sieht stumm nach vorne und dreht die Zugmaschine ab.

XVI.

Jakob kommt langsam wieder zu sich.

Matte Töne und grell blendendes Licht legen sich wie ein dumpfer Schleier über ihn. Sein Kopf schmerzt und der Körper verspricht zahlreiche blaue Flecken.

Mit halbwegs offenen Augen und klarer Sicht erkennt er den Keller wieder, in dem er bereits eine Nacht verbringen durfte. Wie lang das her ist, kann er nicht abschätzen. Auch nicht, wie lange er geschlafen hat. Im nächsten Moment erkennt er auch schon den alten Mann, der ihm im Vorbeigehen einen kurzen Blick schenkt.
»Guten Morgen.«

Jakob versucht, sich innerhalb der vier Wände zu orientieren. Er ist an einen Stuhl gefesselt. Der größere Gangster sitzt direkt neben ihm, ebenso fest an einen Stuhl gebunden. Auf dem metallischen Seziertisch wurde der kleine Gangster liegend mit Ledergurten fixiert. Alle drei mit nacktem Oberkörper und Kratzern und Wunden übersät. Den Fahrer des Gangster-Autos hat es augenscheinlich am schlimmsten erwischt.

Er krümmt sich am Tisch, kann sich kaum bewegen und um ihn stehen mit etwas Abstand Leute aus dem Dorf: der nervöse Pfarrer, die Wirtsleute, einige aus dem Gemeinderat und auch der Herr Bürgermeister, der auffällig ein Pflaster am Hals picken hat. Alle sind auf den Gangster am Tisch fokussiert. Jakob hingegen dreht sich dem anderen Bösewicht zu seiner Rechten zu.

98

»Was ist passiert?«

»Ich weiß nicht mehr als du. Bin kurz vor dir aufgewacht.«

Jakob schmeckt sein eigenes Blut im Mund und blickt angewidert zum Tisch, auf dem sich der verletzte Gangster windet wie ein sterbender Regenwurm. Das Publikum um ihn herum bespricht sich leise.

»Was haben die mit ihm vor?«, will Jakob vom Gangster am Sessel neben ihm wissen, was dessen Wut zum Kochen bringt.

»Was sie mit ihm vorhaben? Woher soll ich das wissen? Du hast über dieses Drecksdorf geschwafelt, also sag du mir, was diese Irren mit ihm tun werden!«
Der Bürgermeister kommt näher und verpasst dem Gangster eine Ohrfeige mit einer derart unerwarteten Wucht, dass der kurz benommen ist.

»Wow … der bricht einem ja fast das Genick!«

»Keine Angst«, gibt der Bürgermeister zurück, »dich brauchen wir noch ein Weilchen lebendig. «
Ein paar Sekunden später kommt der Gangster wieder zu sich, da hat sich der Bürgermeister aber schon wieder umgedreht.

»Und wann wollen Sie das machen?«
Der Bürgermeister dreht sich wieder um.

»Wir sind doch keine Wilden. Einer nach dem anderen. Und ganz wie in der Notaufnahme, hat der mit den gröbsten Verletzungen Priorität.«
Jakob versucht die Situation einzuschätzen und Zeit zu schinden.

»Jetzt … man … also. Kann man nicht einfach über alles in Ruhe reden?«

»In Ruhe reden …«, grinst der Bürgermeister. Der Gangster am Stuhl neben ihm schaltet sich ein.

»Oh ja, reden wird in Ruhe darüber!«
Genervt dreht sich Jakob dem Gangster zu und versteht nicht, warum der ihn süffisant kommentiert, statt dabei unterstützt, irgendwie aus dieser beschissenen Situation rauszukommen.

»Und was genau ist dein Problem?«, will Jakob von ihm wissen.
Der fährt Augenblicklich zurück.

»Wie bitte? Was zur Hölle ist dein verdammtes Problem? Du versuchst hier auf großer Zampano zu schlichten und wendest dabei die billigsten Tricks an.«

»Immerhin versuch ich was, ganz im Gegensatz zu dir.«

»Achso, mir war gar nicht klar, dass wir uns in einer Verhandlungsposition befinden.«
Mit dem Gesagten rüttelt er seine Hände, die fest an die Stuhllehnen geknotet sind.

»Wenn du das von vornherein abblockst, dann natürlich nicht.«

»Hat man dir das auf der Volkshochschule im Kurs Rhetorik-Tricks bei Bösewichter beigebracht?«

»Halt doch einfach deine Klappe …«

»Och, soll ich um ein Einzelzimmer bitten?«

»Alles besser, als dir noch länger zuhören zu müssen!«

»Hey!«, sagt dann der Gangster zum Bürgermeister, »Was muss ich tun, damit Sie ihn hier zuerst abmurksen?«
Jakob sieht ihn erschrocken an.

»Was? Kapierst du die Situation immer noch nicht?«
Der Bürgermeister sieht beide an.

»Bröckelt eure schöne Beziehung jetzt schon? Was ist los mit euch?«

Keiner der beiden reagiert, bloß der Gangster am Seziertisch beginnt Geräusche zu machen und lauter zu atmen, bis er, vielleicht sogar ansatzweise grinsend, tatsächlich einen Satz aus sich herauspresst.

»Er ... er ist Polizist ... ihr scheiß Idioten ...«

Dem Bürgermeister fällt das Gesicht zusammen.

Langsam dreht er sich vom Seziertisch zu den Gefesselten um.

»Wer von euch ist ein Polizist?«

»Ernsthafte Frage?«, meint der Gangster am Stuhl, mit hochgezogener Augenbraue und hochgezogener Stimme, »Ich hab heut echt viel Blödsinn erlebt, aber das grenzt jetzt an Beleidigung.«

Der alte Mann schließt sich der illustren Runde an, kommt aber nicht zu Wort, weil der Bürgermeister noch ein Hühnchen mit Jakob zu rupfen hat.

»Warum bist du hier im Dorf?«

Jakob antwortet nicht und schaut zu Boden. Dafür hat der Bürgermeister keine Zeit und schnappt sich Jakobs Haare am Hinterkopf und blickt ihm – Nase an Nase – direkt in die Augen.

»Warum bist du hier! Wegen uns?«

Der Raum hallt aus und es wird wieder ruhig. Keiner sagt etwas, vor allem Jakob nicht.

»Er ist unseretwegen hier«, verrät der gefesselte Gangster auf dem Stuhl.

»Und weiter?«, will der Bürgermeister wissen und lässt Jakob wieder los, sieht den Gangster an, der locker plaudert als wär nichts.

»Er hat sich vor uns versteckt.«

»Und wer kommt auf die Idee, sich hier bei uns zu verstecken? Am Arsch der Welt?«

»Es war das erste Dorf, das mir in die Quere gekommen ist. Ein Zufall.«, klärt Jakob auf.

Der Bürgermeister wird ruhiger, sieht beide dennoch weiterhin fragend an.

»Und was ist euer Problem?«

»Er wurde bei uns eingeschleust. Ein scheiß Maulwurf, das ist er«, gibt der Gangster als Antwort.

»Und ihr habt das herausgefunden. Und dann?«, fragt der Bürgermeister weiter.

»Haben wir ihn umgebracht. Oder zumindest dachten wir das.«

Der Bürgermeister dreht sich den Dorfbewohnern zu.

»Was für eine Ironie!«

Der alte Mann kommt ein paar Schritte näher und flüstert dem Bürgermeister ins Ohr.

»Trotzdem weitermachen wie geplant?«

Der Bürgermeister und hält es nicht für notwendig, zu flüstern.

»Was sollen wir jetzt noch groß tun? Er streift seit zweit Tagen durchs Dorf, hat uns alle gesehen und kennengelernt. Sogar den Raum hat er längst gesehen und sitzt hier am Stuhl festgebunden«, einen Moment lässt er das sickern. Auch wenn es jeder im Raum verstanden hat, setzt er nach, »Sollen wir ihn jetzt etwa freilassen?«

»Wäre nicht das Schlechteste«, versucht sich Jakob einzuschalten, wird aber nur mit ignoranten Blicken gewürdigt.

»Das ist mir schon klar«, fährt der alte Mann in Richtung Bürgermeister fort, »Dafür ist es zu spät. Doch sollten wir vorsichtig sein.«

»Ach, mach dir keine Sorgen. Alles wird gut gehen und sich fügen. Eine einer halben Stunde ist alles vorbei. Jetzt lass uns anfangen.«

Bewegung kommt in die Reihen der Dorfbewohner. Der Wirt und der Pfarrer schreiten nach vorne, der alte Mann und der Bürgermeister stellen sich ebenso neben den Metalltisch, wo sich der verletzte Gangster schon fast mit seinem Schicksal abgefunden hat.

»Wer ist der Nächste?«, fragt der alte Mann über seine Schulter.

»Ich!«, ruft der Wirt wie in der Schule und hebt dabei seine Hand.

»Stell dich nicht zu weit weg.«

Der Wirt stellt sich neben den Seziertisch, der alte Mann holt eine stählerne Spritze aus dem Kasten und geht zum Gangster am Tisch zurück. Der wird sichtlich nervöser, obwohl er eigentlich gar nicht mehr die Kraft dafür hat. Der andere Gangster sieht zu und wird laut, als er die riesige Spritze sieht.

»Hey, stopp! Was wird denn das?«

Niemand reagiert.

Der alte Mann legt die große Spritze auf den Bauch des Gangsters am Tisch, beginnt dann seinen Brustkorb abzutasten. Währenddessen kommt der Pfarrer näher und flüstert monoton ein Gebet, das ab sofort den Raum füllt.

»Halt seinen Kopf fest«, verlangt der alte Mann und der Bürgermeister packt mit seinen großen Händen den Kopf des kleingewachsenen Gangsters, der sich sowieso kaum bewegen kann. Ruckartig atmet er und starrt dabei mit glasigem Blick an die Decke.

Der alte Mann sucht noch immer den Brustkorb ab, zählt Rippen und versucht den schwachen Herzschlag zu fühlen. Alle anderen warten gespannt, es wird noch ruhiger, nur das Beten des Pfarrers ist mit seinen unmöglich zu verstehenden Worten noch zu vernehmen. Gleichzeitig reibt er sich sein totes Auge, das leicht wässrig geworden ist.

Endlich findet der alte Mann, wonach er suchte und positioniert den Zeigefinger der linken Hand darauf. Eine Stelle zwischen den Rippen, links neben dem Brustbein, knapp über seiner Brustwarze. Er gibt etwas Flüssigkeit aus einem Fälschen auf die Stelle, wischt sie dann sogleich mit Watte ab.

Danach nimmt er die Spritze, entfernt von der Spitze den Verschluss und hält sie fest in der rechten Hand.
»Willst du ihn gar nicht betäuben?«, mag der Bürgermeister wissen, der noch immer den Kopf fixiert und auf ein kleines Fläschchen deutet, das an der Spüle steht.
»Nein«, antwortet der alte Mann, »So ist es besser.«
Der Pfarrer sieht das Fläschen an der Spüle mit großen Augen an. Auch ihm wäre es lieber, würde der Patient ruhiggestellt.

Der Alte legt die Spritze genau an den Punkt an, wo kurz zuvor noch der Zeigefinger hindeutete.

»Ohne Anästhesie erkenne ich wesentlich leichter, ob ich richtig bin.«

Noch bevor der alte Mann weiter machen kann, unterbricht der Gangster vom Stuhl aus die ganze Sache.

»Was tun Sie denn da? Was spritzen Sie ihm?«

Der Bürgermeister dreht sich minimal in seine Richtung.

»Wir spritzen ihm gar nichts.«

Bei genauerer Betrachtung erkennen Gangster und Jakob, dass der Kolben ganz unten ist. Die Spritze ist tatsächlich leer.

»Und was tun Sie dann?«

»Das wirst du schon sehen«, antwortet der Bürgermeister mit noch tieferer Stimme und muss sich nun offenbar ordentlich konzentrieren.

Gespannt sieht Jakob dem Geschehen zu. Der alte Mann positioniert die Spritze. Er dreht sie leicht schräg, um direkt unter das Brustbein stechen zu können. Stoisch hält der Alte die Spritze fest, atmet ein und spannt die Hand an.

Mit einem Ruck stößt er die Nadel in den Brustkorb des Gangsters, der sich zuerst mit letzten Kräften vor Schmerz biegt und dann auch noch zu schreien beginnt. Er war fast weggetreten und wird mit diesem Stoß in diese unwirkliche Situation zurückgeholt. Und vorbei ist diese leider noch nicht.

Der alte Mann bewegt die Spritze im Brustkorb. Mit Mühe drückt er diese weiter hinein und zieht sie wieder ein Stück heraus und dann in alle Richtungen. Schweiß perlt von seiner Stirn.

»Lassen Sie ihn in Ruhe! Hören Sie auf!«, ruft der Gangster vom Stuhl. Natürlich vergebens. Jakob sieht seinen Sitznachbarn entgeistert an. Der schreit und kämpft mit den Fesseln.

Der Bürgermeister hält den Kopf nun noch stärker, die Schreie des sitzenden Gangsters erreichen sein Ohr und machen ihn nervös.

»Was ist denn jetzt? Hast du es endlich?«
Mit zusammengepressten Zähnen murmelt der alte Mann.

»Einen Moment ...«
Weiterhin murmelt der Pfarrer sein Mantra herunter und sieht zwischendurch schüchtern auf den leidenden Delinquenten auf dem Tisch.

»Was ist jetzt?«, will der Bürgermeister wieder wissen. Er starrt auf den alten Mann, der sichtlich angestrengt nach wie vor die Spritze manövriert, bis er plötzlich aufzuckt.

»Da ist es ...«
Wieder zieht er die Spritze einige Millimeter heraus, dann schräger wieder zurück. Wieder zuckt der Alte als würde er einen Stromschlag bekommen.

Mit einem Ruck packt er die Spritze vorne mit der linken Hand, mit der rechten hält er den Kolben. Der Gangster auf dem Tisch kann sich kaum noch rühren, zitternd ringt er nach Luft.

Wieder reißt es den Alten wie vom Blitz getroffen, er beißt die Zähne zusammen und zieht mit dem nächsten Schlag ruckartig am Kolben der Spritze.

Mit der Kolbenbewegung krampft der Gangster auf dem Tisch noch ein letztes Mal mit dem ganzen Körper, seine Muskeln lassen danach sofort locker und im selben Augenblick ist er tot. Seine Augen sind offen und starren weiterhin leer an die Decke. Noch feucht, aber fast erleichtert.

Jakob und der übrig gebliebene Gangster starren ungläubig auf das Geschehen, der Bürgermeister lässt den Toten los und der Pfarrer legt seine Hand auf die Stirn des Verstorbenen.

»In Nomine Patris et Filii et Spiritus Sancti.«

Außer Atem sieht der alte Mann nochmals auf den Toten, zieht dann die Spritze aus dem Kadaver und verschließt die Nadel.

»Das hat aber gedauert«, gibt der Bürgermeister zu bedenken.

»Ist ja keine Wissenschaft. Außerdem hat es funktioniert, auch wenns knapp war.«

Langsam schließt der Pfarrer die Augen des Toten, dreht sich zur Seite und nimmt schwitzend einen Schluck aus seinem Flachmann.

Dann kniet sich der Wirt vor dem alten Mann hin und schließt seine Augen.

»Und weiter geht es«, sagt der Alte.

Wieder verteilt der alte Mann etwas Flüssigkeit aus einem Fläschchen, wie vorhin beim Gangster am Tisch, zum Desinfizieren. Dieses Mal auf den Hals des Wirten. Wieder wischt er das mit Watte trocken.

»Pfarrer?«, sagt der Alte über seine Schulter. Wieder beginnt nach wenigen Sekunden ein Gebet.

»Herr unser Vater, wir bitten dich, Gnade zu finden in unseren Taten und Gedanken …«
Jakob dämmert es und er ruft dem Bürgermeister zu.

»Sie sind wirklich 1906 geboren.«
Der dreht sich grinsend um. Der Pfarrer kippt indessen den Kopf des Wirten auf die Seite und fährt fort.

»… uns zu führen, uns zu geleiten, an die Ufer dieser Erde …«
Der Bürgermeister sieht Jakob nach wie vor an und antwortet.

»Und ich bin bei weitem nicht der Älteste.«
Wieder grinst er und dreht sich dann zum Wirten. Der alte Mann punktiert gerade den Hals mit der Spritze, rammt sie dann in sein Fleisch. Der Wirt zuckt zusammen, spannt den ganzen Körper an, bis weißes Sekret aus seinem Mund fließt. Der Pfarrer hält ihn fest und betet immer lauter werdend weiter.

»… wo wir zusammen sind, uns ergötzen an den Wundern dieser Erde. Auf dass wir ewig leben.«
Nach einer kurzen Pause hallt es durch den Raum, alle Dorfbewohner sagen gleichzeitig: Amen.

In dem Augenblick entspannt sich auch der Wirt wieder. Sogar so sehr, dass er wie tot dahängt, nach wie vor gestützt vom Pfarrer. Der Alte geht mit der Spritze aus dem Weg, der Raum wird ruhig.

Plötzlich erwacht der Wirt, atmet tief ein und aus. Sieht sich um, wirkt irritiert und muss sich erst zurechtfinden. Die Wirtin steht hinter ihm.

»Geht es dir gut?«, fragt ihn der alte Mann, der gleichzeitig die Spritze abwischt.

»Ja ...«, antwortet der Wirt leise.

Der Pfarrer lässt von ihm ab, weicht einige Schritte zurück. Sorge und Schuld ins Gesicht geschrieben. Mit einem alten Taschentuch tupft er sich ans Auge und dann den Schweiß von der Stirn.

»Es ist vollbracht.«

XVII.

Derweilen halten sich die beiden Proleten an der südlichen Dorfeinfahrt auf. Dort, wo der Baum nach wie vor die Straße blockiert.

Der dunkelhaarige Prolet kramt in seiner Werkzeugtasche, während der blonde Prolet den Baumstamm auf der Straße mit einem Seil umwickelt. Nicht weit entfernt steht der Traktor, an dem das andere Ende des Seiles festgemacht ist. Der Baumstamm hat offenbar seine Dienste erwiesen und kann nun wieder entfernt werden.

Der Dunkelhaarige wird von einem Brummen abgelenkt, schnippt und macht den Blonden auf ein Auto aufmerksam, das sich durch den Wald nähert. Sogleich stellt sich der Blonde auf die Straße, um es abzufangen. Insgesamt kommen mit ein wenig Abstand drei Autos daher, die der Reihe nach haltmachen.

Alle Autos tragen Nummernkennzeichen der Polizei, auch wenn sie sonst zivil aussehen, und stehen nun wie in einem Stau vor dem Baumstamm. Ein etwa Mittvierziger steigt aus dem ersten Auto aus, kommt auf den Proleten zu und bietet seine Hilfe an. Er wirkt jünger, als er eigentlich ist.

»Das ist schon der dritte Baum, der Mitten auf der Straße ins Dorf quer liegt.«
Der blonde Prolet weiß nicht viel mit dieser Information anzufangen.

»Ja …«, sagt er, ohne eine Miene zu verziehen.
Beim junggebliebene Mittvierziger handelt es sich um Obers Bamberg, der von Jakobs Anruf hierher gelockt wurde.

110

Er sieht sich den Baumstamm unauffällig an. Er hat
Bedenken, dass der Sturm alle Bäume auf die Straße gefegt
hat. Er glaubt, Spuren von einer Kette oder einem Seil
gefunden zu haben. Natürlich ist nach einer stürmischen
und verregneten Nacht wenig davon übrig.

»Können wir Ihnen dabei helfen? Wir haben es
recht eilig!«, fragt Bamberg, der Blonde schüttelt langsam
den Kopf.

»Wir ziehen das Ding gleich von der Straße.«
Bamberg nickt, sieht beide Proleten nochmals an.

»Danke.«
Der Blonde schlendert zurück zum Baum, zieht das Seil
straff und fixiert es. Gleichzeitig kommt der dunkelhaarige
Prolet mit einer Motorsäge daher und geht an die
Knickstelle des Baumes, um den Stamm vom Wurzelwerk zu
trennen.

»Und sonst ist alles in Ordnung hier?«, will
Bamberg weiter wissen. Der Dunkelhaarige macht sich an
der Motorsäge zu schaffen. Der Blonde schaut gepiesackt.

»Wegen dem Sturm?«

»Zum Beispiel. Oder vielleicht ist überhaupt
irgendetwas Ungewöhnliches passiert.«
Mit dem nächsten Ruck startet die Motorsäge und der
dunkelhaarige Prolet gibt Vollgas. Alle Augen auf ihn.

Nach wenigen Sekunden ist der Baum geteilt, kracht auf die
Straße und die Motorsäge steht wieder lautlos auf dem
Boden. Der Blonde dreht sich zu Bamberg, bevor er zum
Traktor geht.

»Bei uns passiert nie etwas.«
Auf dem Weg zum Traktor weist er Bamberg den Weg.

»Sie können gleich weiterfahren.«

Bamberg beobachtet, wie der Blonde gemächlich in den Traktor einsteigt, startet und losrollt. Im nächsten Moment spannt sich bereits das Seil. Der Baum knickt am Spitz ab, wird an den Straßenrand gezogen und ist somit aus dem Weg.

Sogleich fahren alle drei Autos vorüber, die Proleten sehen ihnen nach. Als sie aus dem Sichtfeld sind, holt der blonde Prolet ein Handy hervor.

Im Haus des alten Mannes telefoniert einer der Gemeinderäte gerade am Gang.
>>Ja, ich verstehe schon.<<
Aufgeregt legt er den Hörer auf, geht zur Treppe und ruft in den Keller.
>>Die Polizei ist gerade ins Dorf gekommen!<<

Die Meute im Keller wird hörbar nervös, redet durcheinander und drängt sich im nächsten Moment gleichzeitig die Treppe nach oben. Jakob sieht ihnen dabei zu, nach wie vor am Stuhl gefesselt.
>>Wer wird denn gleich nervös werden ...<<

Die Bewegung der Gruppe wirkt zögerlich, der Bürgermeister zuerst unsicher. Erst als er die Reaktion der Gruppe teilt, geht es wirklich zügig voran.
>>Ja, geht nach oben und dann unauffällig heim.<<

Der alte Mann bleibt und putzt in Ruhe die gerade verwendete Spritze. An der Wand auf einem Stuhl sitzt der Wettermann, der auf der einen Seite beobachtet, wie alle nach oben gehen, auf der anderen ins Leere starrt und hin und wieder das Gesicht unschön verzieht.

Der Bürgermeister macht ein bisschen Stress, damit alle bald nach Hause kommen. Als der Pfarrer an ihm vorbei und einen Schluck aus seinem Flachmann nehmen will, schnappt er sich diesen aus seinen Händen.

»Jetzt reiß dich endlich einmal zusammen.«
Er schraubt den Flachmann zu, drückt ihn an die Brust des Pfarrers, der ihn wie versteinert anstarrt. Der Pfarrer verstaut seinen Flachmann brav in der Tasche und nimmt die erste Stufe, als der Bürgermeister ihn wieder aufhält.

»Vielleicht ist es doch besser, wenn du hier unten bleibst. Nur für eine Weile.«
Der Pfarrer sieht ihn entgeistert an, ist irgendwie wütend und irritiert. Willenlos und schweigend tut er wie ihm geheißen, geht wieder in den Keller und setzt sich neben den Wettermann.

Dieser wiederum begrüßt den Pfarrer mit einem breiten Lächeln, der Pfarrer nickt kurz künstlich lächelnd und sieht dann geradeaus in den unschuldig weißen Raum hinein. Der Wettermann beugt sich zu ihm.

»Da Sturm. Da Sturm is no nit vorbei.«

Der Pfarrer schenkt ihm noch einen Blick, bevor er seinen Kopf senkt, vor ihm ins Leere schaut und sich teilnahmslos einen kräftigen Schluck aus seinem Flachmann gönnt.

Jakob verfolgt die Szene stumm, schwenkt seinen Blick vom Wettermann hinüber zum Alten, der süffisant lächelnd immer noch seine Spritze säubert.

XVIII.

Draußen auf der Durchfahrtsstraße parken die drei Autos der Polizei, der Bürgermeister hat sich bereits mit Oberst Bamberg zusammengestellt und sie plaudern.

»Schauen Sie«, meint der Bürgermeister, »seit gestern geht es hier drunter und drüber. Da liegen Bäume auf der Straße, es gibt kaputte Fenstergläser, Wasser im Keller und natürlich nervöse Einwohner. Wie soll ich in dem Durcheinander ständig alles im Blick behalten?«

»Das verstehe ich. Ich muss dennoch fragen, ob Sie wissen, wo sich der junge Mann aufhalten könnte.«
Die Denkerpose des Bürgermeisters vermittelt den Eindruck, als würde er über die Frage nachdenken. In Wirklichkeit überlegt er, wie er die fremden Schnüffler schleunigst und langfristig loswerden würde.

»Ich bilde mir ein, er hat eine Mitfahrgelegenheit erwähnt.«
Bamberg sieht ihn stumm an. Der Bürgermeister ist sich nicht sicher, ob er das Ass im Ärmel ausspielen soll, setzt dann doch nach und den Oberst auf eine falsche Fährte. Damit der bald Frieden gibt.

»Er hat sich mit einem Reporter eine Zeitlang gut unterhalten. Vermutlich sitzen die beiden bei Kaffee und Kuchen irgendwo in der nächsten Stadt.«

Im Keller ist es ruhig geworden.

Der Wettermann bewegt sich kaum und starrt unentwegt ins Leere. Der Pfarrer sitzt hilflos daneben. Gegenüber Jakob, der Seziertisch mit dem Toten drauf dazwischen. Der alte Mann wäscht sich die Hände.

Langsam visiert des Pfarrers Auge den Boden entlang Jakobs
Gesicht – bis der den Blick endlich erwidert.

Der Pfarrer reißt seinen noch guten Seher weit auf und
deutet mit dem Kopf in die Richtung des alten Mannes, der
davon nichts mitbekommt. Im Gegensatz zum Gangster.
Beide verstehen nicht gleich, was der Pfarrer damit meint
und sind außerdem abgelenkt vom kaputten und doch weit
geöffneten Auge des Pfarrers. Im kalten Neonlicht wirkt das
schon grenzwertig unheimlich. Filmreif und makaber
passend zur Szenerie.

Wieder nickt der Pfarrer in die gleiche Richtung und dann
auf den Boden. Jakob versteht wieder nicht und schüttelt
fragend und kaum merkbar seinen Kopf. Noch einmal
wiederholt der Pfarrer die Geste, dann dreht sich der alte
Mann um und trocknet seine Hände, während er den Raum
überblickt. Jakob und der Gangster lächeln dem Alten
übertrieben entgegen. Der wundert sich, lässt sich das aber
nicht anmerken.
»Wie lange sollen wir noch warten?«, fragt der
Pfarrer den alten Mann. Dabei steht er auf und nähert sich
ein paar Schritte, bis er ihm gegenübersteht.
»Es wird sicherlich nicht mehr lange dauern. Hast
du etwa noch was Wichtiges vor?«
»Nein«, entgegnet der Pfarrer, »Hunger.«
Dabei kommt er dem alten Mann nah genug, sodass der die
Alkoholfahne des Pfarrers deutlich riechen kann.
»Was immer du den ganzen Tag aus deinem
Flachmann nuckelst, du stinkst danach.«

Der Pfarrer fühlt sich vor den Kopf gestoßen, der alte Mann geht an ihm vorbei zum leblosen Gangster auf dem Seziertisch. Er richtet den Toten gleich, legt dessen Arme neben den Körper und streckt seine Beine gerade. Im Hintergrund zieht der Pfarrer den Flachmann aus seiner Tasche und hebt ihn wie zum Prost hoch.

»Ja, tut ma leid, wenn ich stink',«, beginnt der Pfarrer lauthals, »aber ich kann dir auch sagen, dass ich dadurch vieles um einiges klarer sehe.«

Jakob und der Gangster fühlen sich wie in der ersten Reihe eines schlechten Theaterstücks und sie versuchen zu durchblicken, was da gerade abgeht.

Dann setzt der Pfarrer den Flachmann an, zieht kräftig dran und stellt ihn donnernd am Waschbeckenrand ab. Es hallt eine Zeitlang nach. Der Pfarrer sieht auf den Flachmann bis sein Blick weiter nach links am Waschbecken entlang wandert und bei einem Fläschchen mit der Aufschrift Chloroform stoppt.

Er öffnet langsam seinen Griff und lässt den Flachmann los, greift als nächstes sachte das Fläschchen daneben und dreht sich wieder in den Raum. Der alte Mann kümmert sich nach wie vor mit dem Rücken zum Pfarrer um die Leiche und entkleidet diese langsam.
Der Pfarrer öffnet behutsam das Chloroform und starrt dabei den Alten an.

»Möchtest einen Schluck?«

»Nein«, entgegnet der Alte schnippisch, ohne den Pfarrer anzuschaun.

»Is wirklich gut.«

»Nein, lass mich in Ruh.«

Der Pfarrer sieht Jakob an, der gespannt darauf wartet, wie es weitergeht.

»Komm schon, es würd dir gut tun.«

»Himmelsakra, was willst'n du von mir?«, schnauzt der Alte und dreht sich dabei zum Pfarrer um.

Mit einem gezielten Ruck aus des Pfarrers Handgelenk rinnt dem Alten mindestens das halbe Fläschchen ins Gesicht und auf seinen Oberkörper herunter.

Der alte Mann erschreckt, weiß nicht gleich was passiert ist und wischt sich die Flüssigkeit reflexartig aus dem Gesicht.

»Was ist denn ... was machst du da?«

Dem alten Mann wirds merkbar schwerer ums Gemüt und auch seine Augenlider beginnen sofort zu drücken. Als kräftiger Mann hält er sich solange auf den Beinen, wie es ihm möglich ist. Der Pfarrer sieht sich das Resultat seines Plans an, weicht einige Schritte zurück, weil er den Alten eigentlich immer noch fürchtet.

Er weiß, was sich der Alte während der letzten Jahrzehnten alles zu Schulden hat kommen lassen und endlich hat er den Mut gefasst, sich gegen ihn zu stellen. Des Pfarrers Hochgefühl ist gepaart mit purer Angst – ein surreales Gefühl, ob das gerade tatsächlich passiert ist und sein Plan aufgehen wird.

Der Körper des Alten knickt ein, er beginnt undeutlich zu schreien oder winseln, hustet und hält sich am Tisch fest. Seine Kräfte verlassen ihn zusehends. Jakob will keine Zeit verlieren.

»Jetzt kommen Sie schon her!«, ruft er dem Pfarrer zu, der verloren und irritiert durch den Raum schreitet auf der imaginären Suche nach etwas, das nicht da ist. Plötzlich erinnert er sich und blickt hoch.

»Ja…«, kommt er langsam in die Gänge und spürt selber die entspannende Wirkung der Flüssigkeit. Er will das Fläschchen wegstellen und kippt es dabei über die Kante des Tisches. Es zersplittert am Boden.

Mit glasigem Blick sieht er Jakob an, der entmutigt seine Miene verzieht. Der Gangster wittert seine Chance.

»Holt alle tief Luft!«, ruft er durch den Raum. Jakob tut wie ihm gesagt, doch der Pfarrer kann selber kaum noch gehen.

Er watet mit seinen Sandalen zittrig durch den Scherbenhaufen der vormals braunen Flasche. Nur der Chloroform-Aufkleber ist noch ganz. Vor den Augen des Pfarrers verschwimmt alles nach und nach in einem grauen Nebel, unter seinen Füßen knackst es.

Sein Körper signalisiert, dass er jetzt eigentlich eine Runde Schlaf nötig hätte. Der Kopf sagt, dass es noch etwas zu erledigen gibt. Mit seinem guten Auge versucht er, sich an die Situation zu erinnern. Im Hintergrund hört er fremde Stimmen, die ihm zurufen.

Benommen, als hätte er den Inhalt acht seiner Flachmänner intus, gelangt er tatsächlich bis an den nächsten besetzten Stuhl, knickt dann in die Knie und hält sich am Arm des Gangsters fest. Er und Jakob halten nach wie vor die Luft an und hoffen auf ein Wunder.

Plötzlich zuckt der Pfarrer auf, wird wieder aufrechter und fokussiert das Seil, das die Hände des Gangsters gefangen hält. Mit einer schnellen Bewegung ist die Fessel locker genug und der Gangster befreit sich selbst. Der Pfarrer kippt langsam um, schwafelt dabei Unverständliches. Der Gangster ist frei. Er rennt die Treppe hoch und ist verschwunden.

Jakob sitzt mit der letzten chloroformfreien Luft in seinen Lungen im Raum. Bald kann er nicht mehr. Und auch der Wettermann blinzelt nach wie vor. Nun ein wenig benommen und schläfrig.

Jemand rennt die Treppe herunter. Der Gangster kommt tatsächlich zurück. Er schnappt sich seine Kleidung und sieht Jakob an, der ihn wehmütig beobachtet. Der Gangster schnappt sich Jakobs Gewand und dann ein Skalpell. Er schneidet die Fesseln durch.

Beide laufen hinaus in die Freiheit, Jakob kämpft schon heftig mit der Luft in seinen Lungen.

Der Wettermann schaut den beiden Fliehenden nach und lächelt, bevor er müde seine Augen schließt.

Im Keller wird es endlich wieder ruhig.

XIX.

Mitten im Dorf steht der Bürgermeister mit Oberst Bamberg zusammen, der sich kurz davor mit seinen Männern beraten und nun noch ein paar Fragen hat.

Bamberg sieht nachdenklich die Straße entlang.

»Welche Wege führen noch aus dem Dorf?«

»Nur zwei«, antwortet der Bürgermeister und macht dabei Handbewegungen in jede Richtung, »Oder besser gesagt: Diese eine Straße, mit der Sie vom Süden ins Dorf gekommen sind, bringt Sie auch wieder hinaus und in den Norden.«

»Was kommt im Norden noch?«

»Nach etwa zehn Kilometern durchquert die Straße noch ein kleines Dorf, ähnlich wie hier.«

»Hm, viele Möglichkeiten gibt es also nicht.«

»Nicht wirklich. Wenn man sich hier nicht auskennt, es stürmt und dunkel ist – da kann man sich schon mal verirren und in die falsche Richtung fahren. Es wäre nicht das erste Mal, dass sowas passiert.«

Oberst Bamberg blickt auf die regungslosen Häuser umher, nickt dem Bürgermeister entgegen.

»Ja, danke für Ihre Hilfe. Wir fahren zumindest mal hoch ins nächste Dorf.«

Er dreht sich dann seinen Männern zu und ruft ihnen entgegen.

»Abfahrt!«

Wie befohlen steigen die Polizisten ein und fahren mit ihren Autos flottenmäßig weiter Richtung Norden.

Der Bürgermeister wartet bis sie aus der Sichtweite sind, holt sein Handy aus der Tasche und wählt die Nummer des blonden Proleten an.

»Jo?«, meldet sich dieser resch.

»Sieh zu, dass die Südeinfahrt blockiert ist.«

»Wir hab'n die do grad erst freig'macht. Die Bullen, die hab'n des auch gesehn.«

»Ich habe gesagt, blockiert die scheiß Straße! Fällt einen neuen Baum, wenns sein muss!«

Mit einem Tastendrücker beendet er genervt das Gespräch. Die beiden Proleten am anderen Ende der nicht existenten Leitung sehen sich an.

»So ein Scheiß!«

Der Bürgermeister nimmt die Durchfahrtsstraße bis zum Haus des alten Mannes. Dort stampft er laut die Treppen bergab in den Keller. Als er den Alten und den Pfarrer am Boden sieht, stoppt er abrupt. Erschrocken sieht er sich um, der Wettermann schnarcht leise.

»Das darf doch nicht wahr sein …«

Flott dreht er sich um, will seinen Allerwertesten wieder nach oben schwingen und stoppt dann wieder. Mitten auf der Treppe dreht er sich nochmals um in den Keller und klatscht ein paar Mal laut in den Raum. Aufmerksam wartet er einige Sekunden. Null Reaktion.

»Herrgottszeiten!«

Er stapft die Treppe weiter hoch und schüttelt ungläubig sein Haupt.

Jakob und der Gangster schleichen vorsichtig in eine Häusernische und suchen Deckung. Der Gangster hält Wache und Jakob kramt in seinen Taschen.

»Wenn wir durch die Häuser durchkommen«, meint der Gangster und nickt in die Richtung, von der er gerade spricht und weist gleichzeitig mit der Hand in dieselbe Richtung, »haben wir schon gewonnen. Sobald wir im Wald sind, finden die uns nie mehr.«

»Einen Moment«, meint Jakob mit sämtlichen Teilen des Telefons vom Reporter in seinen Händen, die er geschickt zusammenfügt. Es ist trocken und funktioniert sogar. Nach dem Einschalten verlangt es sofort nach einem PIN.

»Ach verflucht …«

»Was denn?«

»Ich kenn den PIN nicht von dem Mistding.«
Jetzt fischt der Gangster etwas aus seiner Tasche.

»Notfallnummern funktionieren immer«, meint Jakob, als der Gangster ihm eine SIM-Karte vor die Nase hält.

»É voilá!«
Jakob tut nicht nur überrascht.

»Ihr habt also immer eine SIM-Karte dabei?«

»Du würdest dich bestimmt wundern, wie oft man die braucht.«
Sofort setzt Jakob das kleine, fast lebensrettende Ding ein und startet das Handy.

»Ist das eine Art Vorsorge für den Notfall?«

»Bei uns passt man halt auf die Leute auf.«

»Da kann man ja richtig neidisch werden.«

»Private Krankenversicherung ist auch dabei.«

»Hm. Jetzt bin ich allerdings neidisch.«

Das Handy läuft einwandfrei, sofort tippt Jakob Bambergs Nummer ein, die er zum Glück irgendwann auswendig lernen musste. Wohl präventiv für Notfälle.

»Herr Oberst?«

»Streinzer? Wo sind Sie?«

»Ja. Wir sind noch im Dorf, verstecken uns gerade zwischen Häusern.«

»Geht es Ihnen gut?«

»Gut ist übertrieben. Können Sie uns holen?«

»Sind in fünf Minuten auf dem Hauptplatz.«

Bamberg legt auf und weist dem Fahrer die geänderte Route an. Die gesamte Kolonne stoppt ruckartig, die hinteren Autos bremsen knapp an die vorderen heran. Mit einer Handbewegung aus dem offenen Fenster signalisiert Bamberg, dass sie wieder kehrt machen.

Alle drei Autos reversieren zugleich auf der eigentlich recht schmalen Straße. Weil die Fahrzeuge nicht die Kleinsten sind, dauert das dementsprechend. Bamberg ist ungeduldig, weil er den Zeitdruck im Genick spürt.

Nach gefühlten zweihundert Mal vor und zurück, sehen die Autos endlich in die andere Richtung. Mit Bambergs Auto an der Spitze geht es die Strecke, aus der sie gekommen sind, wieder zurück.

Jakob ist sehr erleichtert, ein Ende dieser eigenartigen Odyssee ist absehbar. Er reicht dem Gangster das Telefon.

»Möchtest du telefonieren?«

»Schon gut. Meine Leute wissen, wo ich bin.«

»Wie das plötzlich?«

Er nickt und deutet aufs Telefon. Jakob versteht, dass die SIM-Karte wohl auch eine Art Ortungssignal aussendet und steckt das Handy weg.

»Dann tauchen hier also bald einige Leute von dir auf?«

Der Gangster hebt die Schultern.

»Mal sehen. Glaubst du, die wahnsinnigen Dorfbewohner finden uns hier nicht?«

»Für die paar Minuten wird es schon reichen.«

»Ich werde aber nicht mit euch mitkommen. Sobald die Bullen hier sind, bin ich weg.«

Jakob nickt. Sein Blick verrät, dass er zugleich auch über etwas anderes nachdenkt.

»Was gibt's noch?«, fragt der Gangster.

»Irgendwie hab ich Lust drauf, eine Sache zu erledigen. Wie sieht's bei dir aus?«

Der Gangster blickt Jakob ungläubig fragend an.

XX.

Hastig erreicht der Bürgermeister sein Büro, mühsam kniet er vor dem schweren Safe und tippt den Code ein. Rasch greift er nach einem Stapel Papiere, um die versteckte Pistole dahinter zu erreichen. Noch bevor er die schnappen kann, verpasst der Gangster ihm einen Tritt auf den Schädel. Als der Bürgermeister auf die Seite kippt, fallen die Papiere auf den Boden. Jakob sammelt sie auf, will sie zwar auf den Schreibtisch verbannen, ist dann doch zu neugierig.

Als der vollschlanke Bürgermeister zu sich kommt und schnallt, dass Jakob in den Papieren stöbert, raunzt er.

»So leicht geht das auch wieder nicht …«, meint der Bürgermeister so laut er kann.

»Halts Maul!«, zischt der Gangster, der neben ihm steht und einen Fuß auf ihn abstützt.

Jakob blättert weiter, seine Finger verwendet er als Lesezeichen und liest dann vor.

»11, 23, 39, 32. Alle irgendwo zwischen 1910 und 1940.«

»Was zwischen 1910 und 1940?«, fragt der Gangster, der von der ganzen Sache noch nichts mitbekommen hat.

»Geburtsurkunden. Dutzende. Muss das halbe Dorf sein.«

Der Bürgermeister sitzt mittlerweile auf dem Boden und hält seinen schweren, schmerzenden Kopf. Jakob sieht ihn fassungslos an.

»Was soll das alles?«

»Leckt's mich am Arsch!«, ist die überlegte Antwort des Bürgermeisters.

»Wir haben wenig Zeit.«

»Nein, haben wir nicht«, ergänzt der Gangster, schleicht zum Schreibtisch, zieht einen Kugelschreiber aus der Halterung und lässt die Spitze herausschnellen.

Dann packt er die Hand des Bürgermeisters, platziert diese gekonnt auf dem Tisch und rammt den Kugelschreiber in den Handrücken. Ganz ohne zu zögern. Zwei Sekunden Stille bis der Schreck des Bürgermeisters vergeht und er vor Schmerz wie ein brüllendes Tier schreit. Er hat wohl mit einer leeren Drohung gerechnet und nicht damit, dass es dem Gangster bald zu bunt und die Zeit schließlich auch schon knapp wird. Geduldig war dieser sowieso noch nie.

»Was macht ihr mit dieser verdammten Spritze? Saugt ihr das Leben der anderen aus?«

Als der Bürgermeister keine Reaktion zeigt, bewegt der Gangster den Kugelschreiber so lange hin und her, bis er wieder zu schreien beginnt und sich windet vor Schmerz. Mit dem Fuß drückt er den Herrn am Boden gleichzeitig von sich, damit dieser sich nicht groß wehren kann.

»Glaubt ihr, dass ihr den Leuten das Leben aussaugt?«, fragt der Gangster und drückt dabei den Kugelschreiber tiefer in die Hand, mit dem Schmerz und einem tiefen Atemzug dreht sich der Bürgermeister zu ihm und aus dem vor Schmerz verzogenem Gesicht formt sich ein freches Lächeln.

»Wieso glauben?«

Schnaufend lässt der Gangster vom Bürgermeister ab, geht einige Schritte nach hinten und wirft den Kugelschreiber angewidert durch den Raum.

Der Bürgermeister sackt wieder zusammen, der Gangster geht zum Safe und holt ein dickes Kuvert und daraus einen Stapel Zettel hervor und liest.

»Was steht auf diesen Papieren?«, will Jakob wissen.

»1961, 1958, 1966 …«, meint der Gangster, als es an der Eingangstüre pocht.

»Lass uns verschwinden!«, flüstert der Gangster geschwind. Jakob zuerst, damit er dem Bürgermeister noch eine mit dem Fuß verpassen kann. Der Gangster hat das Kuvert fest in den Händen und folgt Jakob aus dieser unbegreiflichen Situation hinaus.

Einer vom Gemeinderat steht neben dem Bürgermeister als der wieder halbwegs zu sich gekommen ist.

»Was ist denn hier los?«

»Wir müssen die schnappen! Jetzt! Sofort!«, brüllt er wieder – kontrolliert menschlicher.

Mit Oberst Bamberg an der Spitze bleibt an der nördlichen Einfahrt des Dorfes die zivile Polizei-Kolonne stehen.

»Von hier aus gehen wir zu Fuß!«, beschließt der Oberst.

Die Männer steigen einer nach dem anderen aus, gehen vorsichtig in Richtung Dorfmitte und behalten dabei die Umgebung im Auge. Mit den Waffen im Anschlag, versteht sich. Für den Fall des Falles.

An der Südeinfahrt zum Dorf blockieren die beiden Proleten gerade wieder die Straße mit einem Baum. Als die Arbeit getan ist, kommt Déjà-vu-mäßig eine weitere Flotte aus drei Autos daher. Sie fahren flott und bremsen flott. Der Baum ist im Weg.

Aus dem letzten Auto steigen zwei große Typen aus und marschieren zum Baumstamm. Der blonde Prolet versucht zu intervenieren.

»Der Wind hat den Baum auf die ...«

Den beiden Typen ist das wurscht, sie heben gemeinsam den Baum hoch und bringen ihn ohne ersichtliche Mühe in Sicherheit bis zum Straßenrand. Die Proleten sehen sprachlos und starr vor Respekt zu.

Der blonde Prolet erkennt im ersten Auto einen Mann am Rücksitz, der auf ihn wie der Chef dieser Truppe wirkt. Der sieht ebenso den Blonden durch eine dunkle Sonnenbrille und die genauso dunkle Fensterscheibe an.

Die beiden Hünen steigen ein und unmittelbar fahren die drei Autos weiter ihres Weges. Die beiden Proleten sehen den Fremden nach.

»Des konn jetzt lustig werden.«

XXI.

Leise schleichen sich Jakob und der Gangster in die hiesige Kirche. Die Hintertür ist nicht zugesperrt und somit stehen sie gleich inmitten des kleinen Gotteshaus.

»Meine Leute müssten jeden Moment hier sein«, meint Jakob.

»Ausgerechnet in der Kirche willst du auf sie warten?«

»Immerhin besser als draußen.«

»Na klar. Noch nie in der Geschichte haben Menschen in einer Kirche Schutz gesucht.«

»Kannst du jetzt mal die Klappe halten, bevor uns noch jemand hört?«

»Keine Panik. Im Verrat bist du der Experte. Diesen Titel werd ich dir nicht streitig machen.«

»Jetzt!« zischt Jakob in seine Richtung, hält dabei den Zeigefinger in das Gesicht des Gangsters, der beschlossen hat, aus purem Trotz keine Miene mehr zu verziehen.

Ein Geräusch hallt durch die alten Gemäuer. Blitzartig verstecken sich die beiden hinter einer Säule und warten gespannt darauf, was passiert. Der Gangster faltet das Kuvert, das er beim Bürgermeister hat mitgehen lassen, und bringt es am Rücken unter den Gürtel in Sicherheit.

Am Haupttor der Kirche steckt der Pfarrer gerade sein scheinheiliges Köpfchen herein und fragt in die Leere.

»Hallo?«

Jakob und der Gangster sehen sich in die Augen, reagieren natürlich nicht. Das Wort hallt lange nach.

»Seid ihr hier drinnen?«

Die beiden hinter der Säule fangen an, zu überlegen und flüstern. Wieder dauert es, bis der Satz sich endlich nicht mehr selbst wiederholt.

»Sollen wir raus kommen?«, will Jakob wissen.

»Wir sollten die ganze verdammte Bande erschlagen.«, schlägt der Gangster vor.

»Er ist doch ein Pfarrer. Ein Mann Gottes.«

Dem Gangster ist das wieder egal, Jakob verschmeißt seine Hand auf ihn und tritt hervor.

»Woher wissen Sie, dass wir hier sind?«

Der Pfarrer schlüpft durchs Tor und schaut ihn an.

»Die Kirche! Gebaut wie jedes andere Gebäude und doch haben viele das Gefühl, dass man hier drinnen geschützter ist als in so manch gemütlicher Stube. Dort wo Gott wohnt, fühlt man sich zu Hause.«

»Oder einfach deshalb, weil die Kirche meist leer ist und groß. Gut also, um sich zu verstecken. Dicke Mauern, feste Türen. Da kommt nicht jeder einfach so rein. Oder raus.«

»Das gilt dann wohl auch für manch finsteres Geheimnis?«, wirft der Gangster vor und kommt aus seinem Versteck. Der Pfarrer sieht ihn schuldbewusst an.

»Wieso haben Sie uns geholfen?«, will Jakob vom Geistlichen wissen. Der kommt ein paar Schritte näher, um nicht mehr so laut reden zu müssen.

»Es geht einfach nicht mehr. So lange Zeit musste ich zusehen und sogar mithelfen bei diesen Grausamkeiten. Und Menschen sterben dafür.«

»Wieso haben Sie das nicht schon eher sein lassen?«

»Ich schätze, ich muss mich nicht erklären, wenn Sie an die Konsequenzen eines solchen Handelns denken.

Hätte ich das verraten oder einfach nicht mehr gewollt, wär ich der Nächste auf dem Tisch gewesen.«

»Man hat immer eine Wahl«, weiß der Gangster besser, »Und Sie hätten sich denken können, dass so eine perverse Sache den einen oder anderen Haken haben muss.« Der Gangster geht mit dem Satz einige Schritte weg, der Pfarrer sieht Jakob direkt in die Augen. Als ob er ihm Vergebung bringen könnte.

»Hören Sie, es geht gar nicht mehr um mich. Ich habe mich längst mit meinem Schicksal abgefunden. Wie übrigens die meisten hier, bin ich nicht mehr zu retten. Doch jetzt, wo Sie hier sind, sind wir das erste Mal stark genug, um dem Treiben ein Ende zu setzen.« Einen langen Moment sehen sich die beiden wortlos an.

»Glauben Sie mir«, antwortet Jakob, »es ist definitiv vorbei. Die Polizei ist bald hier, der Bürgermeister hat sich selbst verraten. Wir haben sogar einige Aufzeichnungen gefunden. Was mich interessiert: Wie um alles in der Welt kam es überhaupt soweit?«

Der Pfarrer wusste zwar, dass diese Fragen auf ihn zukommen würden, nervös war er dennoch. Egal wie oft er die Geschichte in seinem Kopf durchgespielt hatte. Er atmet tief durch.

»Es begann vor etlichen Jahren. Der Alte, bei dem Sie im Keller waren – keiner weiß, woher er kommt. Er war plötzlich hier und wusste über all die Praktiken und eigenartigen Techniken Bescheid, hatte Geld und kaufte sich damit ins Dorf ein. Sogar der Bürgermeister hört meistens auf ihn.«

Der Pfarrer reibt sein kaputtes Auge, weil sich Tränen unangenehm anfühlen. Es fällt ihm sichtlich schwer, über

diese Vergangenheit nachzudenken, geschweige denn,
darüber zu reden.

»Irgendwann war jemand krank. Eigentlich
todkrank. Er sollte jeden Moment sterben, war jedoch eine
wichtige Person für das Dorf. Der alte Mann wusste, wie das
zu reparieren ging. Und das tat er auch mit moralischer
Unterstützung und gut verpackt in Glaube und Religion.
Nicht einmal ich kann nachvollziehen, was hier passiert. Die
Herrschaften spielen Gott und wurden nach und nach
größenwahnsinnig.«
Jakob sieht ihm tief in das eine Auge, das einfach schon zu
viel gesehen hatte.

»Der Alte und der Bürgermeister.«

»Vorerst. Weil alles so gut klang und schien und
auch noch tatsächlich funktionierte, hatten sie bald alle
Dorfbewohner hinter sich. Zuerst waren es irgendwelche
Landstreicher. Damals fiel das niemandem auf. Niemand
vermisst solche Leute. Sie waren plötzlich nicht mehr da.
Irgendwann war das zu wenig. Und dann hieß es nur noch,
man bräuchte jüngere Exemplare.«
Dem Pfarrer zittern die Hände und seine Augen werden
wieder wässrig. Jakob glaubt zu verstehen.

»Die Kinder?«
Der Pfarrer sackt in sich zusammen und hält sich mit seinen
alten zittrigen Hände den Mund zu, weil er sich schwertut,
nicht einfach laut zu weinen. Aus Schmerz und Schuld.
Bereits seit Jahrzehnten lastet dieses Geheimnis auf seinen
Schultern und erstmals spricht er laut darüber. Ein Stein
vom Herzen.

Jetzt dämmert dem Gangster, was er vorhin gestohlen hat.
Er zieht das Kuvert aus seinem Gürtel und schaut sich diese
Zettel an.

»Ich denke, ich weiß nun, was diese Geburtsurkunden zu bedeuten haben.«
Er hält sie nur kurz dem Pfarrer entgegen, der bloß einen Namen liest, erkennt und erschaudert.

»Das sind die Kinder, stimmts? Geboren, um eine Zeitlang zu leben und dieses Leben zu geben. Wie menschliches Vieh.«

Jakob sieht auf die Geburtsurkunden und entgeistert hoch zum Gangster, der – warum auch immer – deshalb ungewöhnlich wütend geworden ist.

Wieder ein Geräusch am Kirchentor. Zackig öffnet es sich mit einem ordentlichen Ruck. Die Kapuzengestalt tritt herein und sogleich schließt sich das schwere Tor wieder lautstark. Der Pfarrer dreht sich um, stellt sich vor Jakob und den Gangster, als wäre er fähig, sie zu beschützen.

»Was willst du hier?«
Langsam kommt die Gestalt näher, eine Klinge funkelt unter dem groben Stoff des Umhangs hervor. Bedächtig geht die Gestalt den Gang entlang auf die drei zu.

»Was hast du vor? Willst du uns verraten? Uns umbringen?«, spottet der Pfarrer.
Die Kapuze der Gestalt klappt nach hinten. Es ist der Koch, der verschwitzt und ausgelaugt, wortlos weiter auf sie zukommt. Gänzlich bleiches Gesicht, ein Blick wie im Delirium.

»Willst du mir mein anderes Auge auch noch ausstechen?«
Das Gesicht des Kochs wird weicher und es fließt eine Träne die Wange entlang. Er blickt dem Pfarrer hoffnungsvoll entgegen und bricht vor ihm nieder auf die Knie. Das Messer schlittert laut über den Boden.

»Schlimme Sochn …«

Der Pfarrer kommt langsam auf ihn zu.

»I hob so schlimme Sochn gmocht.«

Der Pfarrer bleibt direkt vor dem Koch stehen, der die Hände des Pfarrers greift und ihn ansieht wie ein kleines Kind, das etwas angestellt hat.

»Es tuat ma so leid! I mecht net in d'Höll … es tuat ma so leid … hülf mir halt, bitt' schen.«

Benommen vom Anblick des infantilen Monsters schaut der Pfarrer über seine Schulter zu Jakob und dem Gangster, die beide seinen Blick erwidern. Dann bückt er sich zum Koch hinunter.

»Das war nicht deine Schuld, mein Sohn. Wir alle wissen, dass sie dich gezwungen haben.«

»Aba es is bös! I wü net in d'Höll, i hob Ongst. Jedn Tog hob i so Ongst … mog nimma leben mit da Ongst...«

»Hör auf, so etwas zu sagen! Gott liebt uns alle – wenn wir für unsere Sünden einstehen und diese bekennen.«

Der Koch hebt seinen Kopf und sieht den Pfarrer an.

»Einstehn?«

»Eine gute Tat hebt eine schlechte auf. Das weißt du. Verbanne das Böse aus deinem Leben, tue Buße und tue Gutes.«

Der Pfarrer nimmt den Koch in den Arm, der sieht ins Leere und murmelt dabei.

»Dos Böse verbannen...«

Jakob kommt einen Schritt näher.

»Was ist damals passiert?«

»Einen kindlichen Geist kann man leicht manipulieren. Und brechen«, meint der Pfarrer über seine Schulter zu Jakob, »Er konnte diese Grausamkeiten nicht verkraften. Sein Geist konnte das einfach nicht. Er wurde gezwungen, die Dinge zu erledigen, für die sich keiner die Finger schmutzig machen wollte.«

Jakob kommt noch einen Schritt näher.

»Was für Dinge?«

XXII.

Die beiden Proleten sind nach wie vor mit dem Baumstamm bei der Südeinfahrt beschäftigt, als ein weiteres fremdes Auto des Weges kommt. Recht hurtig unterwegs, bremst es ebenso hurtig ab und der Fahrer steigt aus. Ein etwas nervöser Kerl.

»Was ist denn heute los?«, fragt sich der blonde Prolet, weil man so viele Fremde im Dorf einfach nicht gewohnt ist. Der Fahrer kommt näher und ruft den Proleten schon beim Gehen zu.

»Hallo! Mein Name ist Kitz, ich suche meinen Kollegen. Der soll irgendwo hier in der Gegend sein. Ein Reporter, Sie haben ihn sicherlich schon mal gesehen.«

Kurz blicken sich die beiden Proleten an. Der Dunkelhaarige hebt mit einem großen Fragezeichen im Gesicht seine Schultern.

»Keine Ahnung«, antwortet der blonde Prolet gerade laut genug, dass Kitz es hören kann.

»Okay, ahm …«, fährt Kitz fort, »können Sie mir dann eventuell jemanden empfehlen, der diesbezüglich etwas besser im Bilde ist, als Sie es sind? «
Wieder sehen sie sich einen Moment an, der Blonde antwortet wiederum nicht sehr motiviert.

»Da fällt mir keiner ein.«
Kitz vernimmt die Antwort, nickt mit einem aufgesetzten Lächeln, sieht sich um, geht zum Auto zurück und setzt sich wieder auf den Fahrersitz. Ein Kollege wartet am Beifahrersitz.

»Ungebildetes Pack …«

Sein Kollege lächelt. Die Proleten sehen dem Auto wortlos nach, als es sich weiter in Richtung Dorf bewegt. Der blonde Prolet dreht sich zum Dunkelhaarigen um.

»Wir müss'n ins Dorf zruck.«

»Wir soll'n aba do bleiben, bis ma uns sogt, dass wir weg dürf'n.«

»Irgendwos stimmt aba net. Wir fahr'n ins Dorf zruck und schaun, wos los is.«

Nördlich der Dorfmitte kommt Oberst Bamberg mit seinen Polizisten im Schlepptau die Durchfahrtsstraße herunter. Auf der Südseite parken die dunklen Autos der Gangster-Gang, die allesamt aussteigen, als sie die Polizisten bemerken, und ein Grüppchen formieren.

Als Bamberg das mitkriegt, bremsen er und seine Kollegen hinter sich ab, dann beobachtet er eine Zeitlang fokussiert die Gangster gegenüber.

»Ach du Scheiße.«

Der Gangsterboss sieht wiederum hoch zu ihnen, die Polizisten verteilen sich um Bamberg. In der nächsten Sekunde beginnen auch die Gangster, sich aufzuteilen, bis sich die beiden Fronten breit gegenüberstehen. Bamberg ist angespannt.

»Der Trettocorro-Clan. Die haben uns gerade noch gefehlt.«

Oberst Bamberg hat Jakob vor einiger Zeit in den Clan eingeschleust. Er weiß, dass sie seinetwegen hier sind. Vor allem, um zu erledigen, was sie vor einigen Tagen nicht geschafft haben. Doch egal wie der Clan die Gruppe der

Polizisten interpretiert, es wird unter Garantie keine positive Auslegung sein.

Reporter Kitz kommt mit seinem jüngeren Kollegen, der das Kameraequipment tragen darf, quer zur Durchfahrtsstraße ins Dorf. Sobald Kitz seinen Kopf um die Ecke steckt, kann er links die Gangster und rechts die Polizisten erkennen. Es herrscht bereits eine unklare und ungute Stimmung, die Lage ist merkbar angespannt.

Kitz geht in Deckung und zieht den jungen Kollegen mit sich an eine Häuserwand.

»Scheiße!«

»Was ist denn los?«

»Es sieht aus, als würds hier bald eine riesige Schweinerei geben. Und eine fette Story.«

Jakob und der Gangster verlassen die Kirche, schleichen um die Häuser und diese entlang, stoßen bald auf die zwei rivalisierenden Gruppen, die sich nach wie vor noch friedlich gegenüberstehen. Jakob versucht aus einem schlechten Versteck zu erkennen, was los ist.

»Was machst du da?«, fragt der Gangster.

»Wir kommen zu spät.«

»Ach Blödsinn. Gehen wir.«

»Wohin willst du denn jetzt gehen?«

»Na, hinüber zu meinen Kollegen.«

»Du willst geradewegs aufs Spielfeld laufen?«

»Jetzt mach dir nicht ins Hemd und komm!«

»Deine Leute sind meinetwegen hier. Die knallen mich ab, sobald ich meine Nase da rausstecke. Denen sind die Polizisten komplett egal.«

»Woher willst du das wissen?«

Jakob fasst in seine Hosentasche und holt die abgefeuerte Patrone heraus, die er aus der kugelsicheren Weste geholt hat, als er vermeintlich tot im Wald erwachte. Er hebt sie hoch, direkt in das Blickfeld des Gangsters.

»Deshalb.«

Dann wirft er die Patrone dem Gangster vor die Füße.

»Wir sind quitt, verstanden? Wir verschwinden und haben mit der Sache da draußen nichts mehr zu tun.«

Der Gangster grinst ihn – eigentlich recht dumm – an.

»Naja. Du hast dich bei uns eingeschleust, mit uns gelebt, gegessen, gearbeitet und gelacht. Und dann hast du uns verraten. Du hast uns eine Menge Geld gekostet und meiner Meinung nach bist du auch verantwortlich für Charlys Tod.«

Der Gangster hebt die Patrone vom Boden vor sich auf. Er sieht diese von allen Seiten an und wirft sie Jakob zu, der sie mit einer Hand aus der Luft abfängt.

»Nein, wir sind noch nicht quitt.«

Die beiden Gruppen splitten sich weiter auf: Gangster hinter Autos, Polizisten hinter Bänken, Mauern und Bäumen. Der Gangsterboss und Bamberg haben längst Blickkontakt aufgenommen. Beide scheinen nur darauf zu warten, dass etwas passiert und der jeweils andere zuerst abdrückt.

Abseits der absurden Szenerie knallt Kitz zeitgleich eine alte Holzleiter an die Dachrinne eines Hauses. Das knallt so laut, dass er einen Moment erstarrt und abwartet, ob er dadurch entdeckt wurde. Außerdem klingt der Knall etwas nach einem abgefeuerter Schuss, was in der Situation auf der anderen Seite des Hauses nicht gerade hilfreich ist. Doch nichts rührt sich umher.

Er klettert hoch bis aufs Dach, bis über den Giebel, von dem aus er alles überblicken kann. Dann schleicht er leise wieder zur Leiter und weist den jungen Kollegen an.

»Gib mir die Kamera!«

Der Kollege reicht ihm die Spiegelreflex-Kamera von der Leiter aus und Kitz klettert wieder bis auf den Giebel, von dem aus er unauffällig die ersten Fotos machen kann.

Jakob und der Gangster befinden sich nach wie vor in ihrem Versteck hinter der Mauer. Der Gangster beobachtet Jakob mit süffisantem Gesichtsausdruck.

»Was für ein Klischee vom feigen Polizisten. Dann hole ich meine Leute eben hierher.«

Als er gehen will, springt Jakob auf ihn.

»Sicher nicht!«

Nach wenigen Schritten kippen die beiden über und landen am Boden. Jakob nutzt die Situation und drückt den Gangster nach unten, damit er nicht wieder aufstehen kann. Die Umgebung behält er gleichzeitig im Blick, um sicherzugehen, dass niemand sie sieht.

»Lass mich gefälligst los, du verdammter Drecksbulle!«

Hinter den Fensterscheiben der Dorfhäuser haben sich bereits einige Schaulustige versammelt und beobachten das Geschehen um die beiden rivalisierenden Rudel auf der Durchfahrtsstraße.

Die Café-Besitzerin geht für einen Moment vom Fenster weg, hebt aufgeregt den Hörer vom Telefon und wählt den Bürgermeister an.

Zur gleichen Zeit kommt der Pfarrer mit dem Koch um die Ecke auf die Durchfahrtsstraße, versteht die Situation, in die er gerade läuft, als er die Gruppe Gangster erblickt und stoppt den Koch mit ausgestreckter Hand. Er drückt ihn zurück, bevor dieser etwas mitbekommt kann. Freundlich, als ob nichts wäre, fasst er den verwirrten Koch an der Schulter.

»Geh wieder ein paar Schritte zurück und warte auf mich. Ich komme gleich zurück. In Ordnung?«
Langsam dreht der Koch wieder um, sein Blick ist sowieso auf den Boden gerichtet und er murmelt dabei wie so oft etwas Unverständliches.

Beinahe unbemerkt sitzt der Wettermann auf einer kleinen Bank inmitten der beiden Banden. Er beobachtet dann und wann die rivalisierenden Gruppen, schaut wieder hinauf in den Himmel und danach nickend auf den Boden.

»Blitz und Donner. Donner. Und Donner.«
Dann gähnt er, ohne die Hand vorzuhalten und mit großer Klappe in die Gegend.

Der Alte taucht unweit des Wettermanns auf, hört dessen murmelnde Worte und versucht auf die Schnelle zu erkennen, was im Dorf gerade passiert.

Der Bürgermeister, der von der Café-Besitzerin benachrichtigt wurde, stapft wütend daher und geht auf die Dorfmitte zu. Der Pfarrer dreht sich zu ihm und will ihn aufzuhalten.

»Nicht!«, sagt er, »Die haben Waffen und sind uns wohl nicht sonderlich gut gesinnt.«
»Irgendwer muss ja was tun, nicht wahr?«
»Und was glaubst, was du tun kannst?«

»Dass die Sache irgendwie aufgelöst wird.«
Der Pfarrer nickt und bringt einen Vorschlag.

»Auf einen Pfarrer wird hoffentlich niemand schießen. Oder was denkst?«
Der Bürgermeister denkt kurz scharf nach, sieht den Pfarrer an und schnappt ihn gleich an der Schulter. Wie mit einem Schutzschild wankt mit dem Gottesmann vor sich auf die Durchfahrtsstraße. Direkt in die Dorfmitte. Direkt zwischen den beiden Gruppen.

Als Bamberg bemerkt, dass sich jemand auf das Spielfeld wagt, ist er erstmal irritiert. Und dann eher verwirrt, weil es in dieser sowieso schon schwierigen Situation zusätzlich keinen Sinn ergibt, dass ein dicker Herr einen Pfarrer auf die Straße zerrt. Immerhin erkennt er dann den Dicken als Bürgermeister, den Sinn dahinter allerdings noch immer nicht.

Auch der Gangsterboss ist verwundert, lässt sich aber nichts anmerken. Schließlich hat er doch schon einiges gesehen in seinem Leben. Die restlichen Gangster und Polizisten werden durch das Geschehen nervöser und umfassen ihre Waffen nur noch fester. Für den Fall.

Jetzt, wo der Bürgermeister alle Blicke auf sich zieht, macht sich in ihm doch ein ungutes Gefühl breit und er beginnt zu schwitzen. Er atmet durch. Der Pfarrer ist komplett bleich geworden, dreht sich einmal um die eigene Achse, sieht dabei alle Leute um sich herum an und bleibt mit seinem Blick am Bürgermeister hängen.

»Wirst du das durchstehen?«, fragt ihn der Bürgermeister.

»Gott steht mir bei … hoffentlich«, entgegnet der Pfarrer und erschreckt sich, als der Bürgermeister lauthals zu rufen beginnt.

»Darf ich um jeweils einen Vertreter aus den beiden Gruppen bitten!«

Dann passiert lang nichts. Keiner rührt sich und selbst die Geräusche aus der Umgebung scheinen wie vom Platz verwiesen.

Bamberg ist sich im Klaren, was das bedeutet. Etwas missmutig legt er seine Waffe weg, dreht sich seinem Kollegen neben sich zu, dem er einige Sekunden direkt in die Augen sieht. Der versteht, was zu tun ist und nickt unauffällig. Sein Sturmgewehr liegt im Anschlag und beide sind bereit für den Notfall.

Bamberg kommt langsam auf den Bürgermeister zu, in der Hoffnung, dass es ihm auch der Gangsterboss gleichtun wird.

Der Gangsterboss machts spannend und ist sichtlich genervt, dass er den langen Weg bis in den Kreis der Aufmerksamkeit gehen muss. Er zieht seine Pistole aus dem Halfter, holt das Magazin heraus und kontrolliert, ob sich eine Patrone in der Kammer befindet. Was der Fall ist. Dann steckt er das Magazin wieder in die Pistole und die Pistole wieder in sein Halfter. Erst dann macht er sich auf den Weg zum Bürgermeister. Auch wenn er gar nicht weiß, wer der gut genährte Mann mit dem Pfarrer eigentlich ist.

Bamberg steht bereits beim Bürgermeister und seiner kreidebleichen Geisel. Der Gangsterboss braucht noch und fühlt sich nicht zur Eile genötigt. Selbst als er schon angekommen ist, lassen sich Bamberg und der Boss nicht aus den Augen. Bamberg weiß, dass er sich nur auf seine Kollegen verlassen kann. Der Boss hat garantiert auch ein, zwei Männer, die jederzeit bereit sind, das Feuer zu eröffnen.

Der Gangsterboss stichelt.

»Haben wir schön nach Vorschrift die Waffe abgelegt?«

»Immerhin wissen wir Bescheid über Etikette, Ehre und Respekt.«

Das kostet dem Boss ein müdes Lächeln.

»Guter Spruch für einen Polizistengrabstein.«

Bamberg verzieht wütend seine Miene, der Bürgermeister schreitet dazwischen.

»Meine Herren! Als Bürgermeister dieses Dorfes würde ich zuerst einmal gerne wissen, worum es hier überhaupt geht.«

»Wir suchen unsere Männer. Und einen Verräter«, entgegnet der Gangsterboss, ohne Bamberg aus seinem Blick zu lassen.

»Er ist kein Verräter!«, meint Bamberg, »Er ist Polizist und wird mit uns mitkommen.«

Der Boss schüttelt den Kopf und lächelt.

»Das wird heute wohl nichts.«

»Doch, das denke ich sehr wohl.«

»Wollen Sie wirklich wegen einem kleinen Verräter Ihre ganze Truppe in Gefahr bringen? Herr Oberst?«

Der Gangsterboss weiß, dass Bamberg nach den Regeln spielen muss und das gibt dem Gesetzesvertreter immer einen Nachteil.

»Scheinbar will ich das.«

Der Boss ist schon fast überrascht.

»Wann habt ihr Bullen euch Eier wachsen lassen?«

»Die hatten wir immer schon.«

»Ist das so?«, erwidert der Boss, »Und doch immer brav nach den Regeln. Hm?«

»Auch dafür braucht es Mumm.«

»Und wann hatten Sie Ihre Eier das letzte Mal in Verwendung? Wohl in der Gemeinschaftsdusche als ihr euch gegenseitig einen runtergeholt habt.«

Bamberg reagiert nicht auf seinen Satz, dreht sich langsam um und geht ungeschützt, mit dem Rücken zum Boss auf seine Leute zu. Das sollte Aussage genug sein. Dennoch kann er es sich nicht verkneifen und schimpft noch über seine Schulter.

»Als ich es deiner Frau letztens besorgt habe!«
Der Gangsterboss kneift die Augen zusammen und amüsiert sich über dieses Kontra.

»Aja, welcher denn?«

XXIII.

Die beiden Dorfproleten erreichen ein Haus mit sehr guter Sicht über das Dorf. Der Blonde hat ein Gewehr dabei. Er legt sich auf das Dach und zielt durch das Fernrohr hinunter.

Er erkennt den Bürgermeister in der Mitte. Der Gangsterboss verlässt gerade die Szenerie, während der Bürgermeister keine rechte Freude damit hat. Versteckt zwischen den Häusern, abseits der Straße, erkennt der Blonde auch Jakob und den Gangster, die nach wie vor miteinander ringen. Er dreht sich zum anderen Proleten.
»Ich hab die zwei gefunden.«

Der Bürgermeister dreht sich zum Gangsterboss, der von ihm weggeht und versucht, die Sache noch auf eine gute Bahn zu lenken.
»Meine Herren, bitte! Das ist doch ein mehr oder weniger ruhiges Dorf. Können Sie und Ihr Gefolge sich Ihre Ungereimtheiten nicht anderswo ausmachen?«
Keiner reagiert, der Bürgermeister dreht sich genervt zum Pfarrer um, der genauso ratlos ist.
»Wo stecken denn die beiden?«, meint der Bürgermeister, »Wir haben keine Wahl. Wir müssen sie finden und hierher bringen.«
»Die werden bestimmt ihren zweiten Kollegen vermissen.«
Er sieht den Pfarrer angestrengt an.
»Nicht, wenn wir es geschickt angehen. Du suchst jetzt die beiden Idioten und dann werfen wir die gesamte Bande aus unserem Dorf!«

Der Bürgermeister stapft in die Richtung, aus der er gekommen war. Als der Pfarrer bemerkt, dass er alleine inmitten des Geschehen dasteht, erschrickt er und geht schnell hinterher.

Jakob und der Gangster kämpfen nach wie vor mit leisen und vorsichtigen Bewegungen, damit sie so wenig wie möglich Aufmerksamkeit erregen. Jakob lässt ruckartig vom Gangster ab und geht auf die Knie, der Gangster ist irritiert.

»Was ist?«, will er wissen, dreht sich um und sieht eine Waffe, die abwechselnd auf die zwei zielt.

»Ach das ...«, beantwortet er selbst seine Frage.

Neben ihnen steht die Kapuzengestalt. Wer das diesmal ist, erkennt man leider nicht. Die beiden Streithähne beruhigen sich, heben ihre Hände und stehen ganz langsam auf.

Auf der Durchfahrtsstraße stehen die beiden Chefs der Gruppen mit ihren Männern zusammen. Oberst Bamberg nimmt sich seiner Waffe wieder an und schwört sich, diesen Fehler nicht wieder zu begehen. Als sich sämtliche Männer in ihre ursprünglichen Formationen gebracht haben, kommen plötzlich Jakob und der Gangster mit erhobenen Händen aufs Spielfeld.

Alle Augenpaare beobachten die beiden. Nur der Pfarrer mit seinem einsamen Auge hat, erst nachdem die Miene des Bürgermeister ins Fassungslose kippte, seinen Kopf in die richtige Richtung verdreht. Nach einem ungläubigen Moment kehrt der Bürgermeister also wieder um und geht seinen Verpflichtungen in der Dorfmitte nach.

Jakob und der Gangster bummeln schon fast und reden leise.

»Jetzt gehen wir also doch schön brav aufs Feld«, provoziert der Gangster Jakob.

»Halt deine Klappe! Oder auch nicht. Wir werden sowieso gleich abgeknallt.«

»Das glaub ich nicht. Zumindest ich nicht.«

»Wird sich schon zeigen.«

»Hat eigentlich die Frau aus dem Café nochmal mit dir geredet?«

»Wie kommst du jetzt auf die?«

»Ich hab ihr einen Fünfziger gegeben, damit sie dir was ausrichtet.«

Jakob muss kurz nachdenken.

»Hat sie nicht.«

»Blöde Kuh.«

Im gleichen Moment dreht sich der Gangster noch mit erhobenen Händen zu seinen Leuten zu seiner Rechten und bemerkt, dass die allesamt verwundert schauen. Ein Blick über seine eigene Schulter zeigt, dass hinter ihnen niemand mehr ist.

»Er ist weg!« Jakob blickt im Reflex nach hinten und beide nehmen synchron die Hände runter.

»Na toll. Gehen wir wie die Idioten inmitten das Schlachtfeld.«

Der Gangster ist genervt und amüsiert.

»Na, wenn wir schon einmal hier sind …«

Der blonde Prolet schlittert vom Giebel des Daches bis zur Dachkante, dabei rutscht sein Hemd den Arm hoch und legt das Tattoo der Comic-Frau frei.

Die dunkle Gestalt kommt an das Haus, auf dem der Blonde sitzt und lässt die Kapuze nach hinten. Es ist der dunkle Prolet, zeigt mit dem Daumen, dass alles geklappt hat, und wirft geschickt das Gewehr hoch, das der Blonde am Dach auffängt.

Der Gangsterboss will seinen vermissten Kollegen empfangen und freut sich, während er auf ihn zugeht.

»Da ist er ja wieder! Wo ist der Andere, unser Kleiner?«

Der Gangster reagiert aber kaum auf ihn, marschiert dem Bürgermeister entgegen, da dieser auch gerade wieder auf die Durchfahrtsstraße kommt.

»Wohin gehst du denn?«, fragt der Boss, weil er extra nochmal den Weg hierher gekommen ist.

»Ich habe da noch was zu erledigen.«

Schnellen Schrittes zieht er an Jakob vorbei, der von Oberst Bamberg begrüßt wird.

»Was geht jetzt wieder vor? Ich versteh das gerade nicht mehr«, meint Bamberg zu Jakob.

Der Gangster bleibt direkt vor dem Bürgermeister stehen. Jakob sieht ihm zu und entgegnet dem Oberst.

»Das würden Sie mir sowieso nicht glauben.«

Schweigend steht der Gangster einige Sekunden vor dem Bürgermeister, dem es sichtlich unangenehm ist. Er versucht die missliche Situation aufzulockern.

»Alles klar. Dann würde ich sagen, wir gehen alle langsam wieder nach Hause. Nicht?«

Der Gangster verneint nicht mit dem Kopf.

»Nicht. Sie dürfen noch einmal raten.«

Der Bürgermeister schaut nervös in die Runde, als stünde irgendwo eine helfende Antwort geschrieben.

»Naja ... was nun?«, fragt der Bürgermeister und wird er vom Zorn des Gangsters lauthals unterbrochen.

»Wie wäre es, wenn Sie laut und deutlich erklären, was für kranke Scheiße hier im Dorf abgeht?«

»Ich dachte, ich sollte raten ...«

»Los!«, brüllt er den Mann an.

Am Dach über dem Dorf liegt der blonde Prolet schon wieder mit dem Gewehr in Stellung. Er zielt ruhig auf den Gangster, der den Bürgermeister scheinbar fest mit den Fingern in die Brust sticht.

Der Bürgermeister bleibt stumm. Null Reaktion und ein abschweifender Blick in die Gegend. Der Gangster visiert ihn weiter von der Nähe, der Bürgermeister wirkt nervös und zugleich fast gelangweilt. Als würde er nicht zum ersten Mal in dieser Klemme stecken.

Plötzlich rennt der Pfarrer auf die Straße und kreischt laut und verzweifelt.

»Sie sind tot!«

Alle drehen sich zu ihm und wieder verkündet er.

»Sie sind alle tot!«

Wütend ermahnt ihn der Bürgermeister.

»Halts Maul, du Idiot!«

»Nein! Aus Gier! Aus Gier dem eigenen Leben gegenüber!«

»Was ist denn?«, schnauzt der Bürgermeister zurück, »Hast du nicht selbst auch davon profitiert?«

Der Pfarrer wird ruhiger, der Bürgermeister fährt fort.

»Hast du dein erbärmliches Leben nicht auch ein wenig verlängern und die eine oder andere Krankheit auf wundersame Weise überleben können?«

Mit dem Satz klopft er an eine Stelle an seinem Hals und erinnert den Pfarrer daran, wo die Spritze angesetzt wird.

»Ich weiß sehr wohl, was ich getan habe, Herr Bürgermeister. Jeden Tag von früh bis spät, denke ich daran und bereue. Nur du begreifst scheinbar nicht, dass das nun endlich ein Ende hat. Hier und jetzt.«

Der Bürgermeister kann sein Grinsen nicht verhalten.

»Mag sein, dass es hier und jetzt zu Ende geht. Im Gegensatz zu dir bleibe ich einer Seite bis zum bitteren Ende treu. Du weißt eh, was Verrätern blüht.«

Mit dem letzten Satz hebt der Bürgermeister seine Hand, streckt seinen Zeigefinger nach oben in Richtung Himmel. Im nächsten Moment formt er die Finger zu einer Pistole, zielt auf den Pfarrer und sieht ihn kurz an. Ringsumher verfolgt man fragend das Schauspiel.

»Hinrichtung.«

Er drückt die imaginäre Pistole ab. Zeitgleich fällt ein Schuss und im nächsten Augenblick kippt der Pfarrer in sich zusammen. Es hallt durch die Gassen, alle Männer suchen sofort Deckung. Schlagartig kehrt eine beklemmende Ruhe ein, die jedoch gleichzeitig jeden Moment splittern kann.

Der Prolet mit noch rauchendem Gewehr versteckt sich blitzschnell. Kitz, der Reporter, der auf einem anderen Dach liegt, geht in Deckung und deutet seinem Kollegen nach unten, dass es ihm gut geht.

Woher der Schuss kam, ist allen unklar. Nach ein paar Momenten beruhigt sich die Situation ein wenig. Jeder hält seine Waffe fest im Anschlag.

Knirschend kommt über die Steine am Straßenrand der Koch daher. So schnell, wie er kann. Im Mittelpunkt des Geschehens kniet er sich winselnd zum sterbenden Pfarrer hin. Er hält den Geistlichen fest und dreht ihn um, damit er in sein Gesicht sehen kann.

»Schlecht ... schlechte Tat?«, fragt der Koch den Pfarrer. Der Bürgermeister steht daneben und beobachtet beide. Leise entgegnet der Pfarrer dem Koch.

»Er ... ist böse.«

»Böse ...«, wiederholt der Koch leise.

Der Gangster, der nach dem Schuss neben dem Bürgermeister auf den Boden niedergegangen war, steht flugs wieder auf und besorgt sich eine Waffe. Gleich geht er damit auf den Bürgermeister los und schießt dem Mann entschlossen in den Fuß. Der Bürgermeister schreit vor Schmerz und kippt seitlich nieder.

Die beiden Gruppen links und rechts werden durch den Schuss wieder kurz aufgeschreckt und beruhigen sich, als klar wird, was geschehen ist.

»Sie bleiben schön hier!«, mault der Gangster zum Bürgermeister hinüber und, kniet sich dann zu ihm.

»Also weiter. Sie saugen den Leuten das Leben aus. Oder wie funktioniert das?«
Der Bürgermeister sieht ihn stumm mit schmerzverzerrtem Gesicht an. Dabei versucht er unauffällig an die Waffe in seinem Gürtel zu kommen, die er zum Glück aus dem Safe genommen hat. Der Gangster schreit ihm unüberhörbar ins Gesicht.

»Sie bringen Leute um, damit sie selbst länger leben können! Ist es nicht so?«

Noch bevor er die Frage formuliert hat, presst er mit seinem Fuß auf die klaffende Schusswunde und endlich beginnt der Bürgermeister zu reden.

»Ja! Verdammt, ja!«

Die Leute umher, allen voran Oberst Bamberg und der Gangsterboss, können mit dem Gehörten nicht wirklich etwas anfangen.

»Und jeder einzelne eurer verdammten Dorfbewohner hat dabei mitgemacht«, fährt der Gangster fort. Der Bürgermeister winselt deutlich.

»Ja!«

In dem Moment tritt Jakob an die beiden heran.

»Was ist mit Ihrer Frau und Ihrer Tochter geschehen?«

Der Bürgermeister hat mit dieser Frage nicht gerechnet. Irritiert und beschämt blickt er auf den Boden.

»Na, was ist?«, versucht Jakob zu motivieren.

»Sie sah einfach keinen anderen Ausweg«, beginnt der Pfarrer auf die Frage zu antworten, »Sie hat zuerst ihrer Tochter und dann sich selbst das Leben genommen.«

Der Bürgermeister starrt ins Leere.

»Nichtmal seine eigene Frau konnte ihn aufhalten. Sie hat sich selbst und ihre geliebte Tochter uns Monstern entrissen. Wertlos gemacht.«

Jakob sieht den Pfarrer an.

»Und die Kinder? Was ist mit den Kindern?«

Dem Pfarrer fließt eine Träne die Wange entlang. Aus dem Auge, mit dem er schon lange nichts mehr sehen kann.

»Wie viele waren es?«, will Jakob noch wissen. Doch auch da gibt es keine Antwort. Schweigen, Scham und Trauer. Langsam lässt der Pfarrer vom Leben los und der Koch ihn vorsichtig auf den Boden nieder.

Der Koch steht auf, sein Gesicht ist ganz mit Tränen bedeckt. Er dreht sich zu Jakob, kommt auf ihn zu. Wie ein kleines Kind, das gerade nicht versteht, was passiert. Er streckt Jakob die Hände entgegen.

»Di Händ!«

Er spreizt dabei seine Finger weg und macht dann eine Faust.

»Schau do, di Händ!«

Jakob versteht nicht gleich, was er meint, atmet nervös und angespannt durch.

»Was willst du uns damit sagen?«, fragt er.

Verzweifelt blickt der Koch auf seinen eigenen Hände, öffnet die Faust und blickt dann hoffnungsvoll zu Jakob.

»Di Händ … di Kinda!«

Langsam dämmert es Jakob. Er sieht vom Gesicht des Koches hinunter auf die mit dem Blut vom Pfarrer benetzen, roten Hände. Sprachlos vor Entsetzen geht er einige Schritte zurück und dreht sich weg. Es läuft ihm kalt den Rücken hinunter.

Sichtlich verzweifelt und überfordert fährt sich der Koch mit seinen beiden Händen das Gesicht entlang bis er bis zum Hals hinunter blutverschmiert ist. Auch der Gangster ist angewidert und geht einige Schritte zurück.

Abseits dieser Szene liegt der Reporter Kitz nach wie vor auf dem Dach. Aufgeregt verfolgt und fotografiert er das ganze Schauspiel. In einem Moment wird er von jemandem aus der Gangstergruppe gesehen – und verwechselt.

»Da ist der Schütze!«, ruft dieser aus der Reihe und schießt hoch auf Kitz, der sofort nach hinten über die Dachziegel rutscht und in Deckung geht, während rundherum Dachziegel zersplittern.

Allgemein herrscht wieder angespannte Unruhe, es wird geschrien und gedroht, bis ein Schuss aus den Reihen der Polizisten fällt. Das Feuer wird eingestellt. Einer der Gangster, der neben dem Boss steht, ist angeschossen und schon zusammengebrochen.

Ein junger Polizist zeigt mit der Waffe im Anschlag noch immer auf genau diesen Gangster, der sich nun am Boden windet. Bamberg sieht ihn an und ahnt, was jetzt kommen würde. Er schließt die Augen.

»Verdammt.«

XXIV.

Die Waffe spuckt gerade noch den letzten Rauch aus dem Mündungsrohr, der junge Schütze ist starr vor Schreck, fast wie versteinert. Er hat überhastet reagiert, war nervös und wollte das eigentlich gar nicht. Und jetzt steht er da. Hat zum ersten Mal auf einen Menschen geschossen, tadellos getroffen und alle starren ihn an.

Der Getroffene liegt am Boden. Er windet sich für ein paar Sekunden und rührt sich dann nicht mehr. Er ist tot.

Das ist der Startschuss für die erwartete Schießerei, die Bamberg bereits in seinem inneren Auge sinniert hat. Die Gangster nehmen Rache, die Polizisten antworten darauf. Und genauso passierts.

Die Männer ducken sich, suchen Schutz hinter Autos, Bänken und allem, was sie sich in den Weg stellen können. Zugleich schießen sie dabei meistens eher blind auf die vermeintlichen Gegner.

Jakob flüchtet in Deckung aus der Mitte der Kampfzone. Rings um ihn werden Polizisten und Gangster getroffen, überall scheinen Kugeln durch die Luft zu fliegen und Kitz, der Reporter, hat sich vor Neugierde wieder auf den Hausgiebel getraut. Selbst er wird wieder beschossen und springt zwischen fliegenden Holzspänen und Splittern von Ziegeln vom Dach.

Auch die Dorfbewohner flüchten, eine verirrte Kugel trifft die Wirtin in den Bauch, sie stürzt zu Boden. Sofort eilt ihr der Wirt zur Hilfe und zieht sie aus der Gefahrenzone. Die Café-Besitzerin sucht Schutz im Café und positioniert sich so, dass sie weiterhin nach draußen sehen kann. Dort entdeckt sie auch den Wettermann, der wie von der Schießerei nicht betroffen, fragend nach oben in den Himmel blickt. Als wären die Laute der Schüsse nur der Donner. In seinem Kopf hat er mehr Sorge, vom anstehenden Regen erwischt zu werden.

Noch immer unentdeckt, schießt der blonde Prolet vom Dach. Sein Gewehr ist etwas älter, weshalb er vor jedem Schuss mit dem Rücklader nachladen muss. Er verfehlt einen Gangster, der kann aber in dem Moment orten, woher der Schuss kam. Der Blonde lädt nach, während der Gangster einige Schüsse auf ihn abfeuert. Einer davon trifft ihn direkt am Hals.

Der Blonde steht auf und knickt sofort wieder ein, kämpft sich gleich wieder hoch, bis sein Körper – der klaffenden Wunde am Hals verschuldet – endgültig nachlässt. Er knallt mit dem Kopf voraus auf das Dach nach unten, sein Körper hat kaum mehr Spannung und so rollt er langsam bis zur Dachkante, fliegt einige Meter bis zum Boden und knallt direkt neben dem dunkelhaarigen Proleten in die Wiese.

Der Blonde ist bereits tot, vom Hals abwärts blutverschmiert und seine vom Sturz gebrochenen Finger, halten die Waffe noch lose fest. Der dunkelhaarige Prolet ist geschockt, sieht seinem dahingegangenen Freund in die toten Augen.

Dann packt ihn die Angst, Panik macht sich breit. Zuerst geht er ein paar Schritte zurück, dann dreht er sich prompt um und läuft so schnell er kann auf die offene Wiese Richtung Wald.

Inmitten der Schießerei schreit Bamberg herum.
>>Aufhören! Feuer Einstellen!<<

Auch der Gangsterboss verlangt Ähnliches und allmählich beruhigt sich diese wilde Masse. Alle sind außer Atem, extrem angespannt und warten darauf, was als Nächstes passieren würde.

Bambergs hilfloser Blick ins Schlachtfeld – ein paar Kollegen sind getroffen, manche bewegen sich nicht gar nicht mehr. Als er langsam auch die Männer der Gegenseite registriert, bleibt er im Blick des Gangsterbosses hängen.

Bamberg ist wütend, aber bleibt ruhig. Der Gangsterboss erwartet eine Reaktion. Nachdem Bamberg das Feld ein weiteres Mal verstört überblickt, gibt er sich einen Ruck und nickt dem Boss entgegen als Zeichen für die Freifahrt ins Verschwinden. Dann dreht er sich um und weist seine Männer weiter an.
>>Wir bleiben in Deckung. Keiner Schießt! Und ruft die Sanitäter. Die sollen das nächste Krankenhaus informieren, dass Einsatzkräfte mit Schusswunden kommen werden.<<

Auch die andere Seite bewegt sich. Bambergs Nicken hat dem Gangsterboss ein Zeitfenster verschafft, sodass er und seine Männer verschwinden können. Oder eigentlich verschwinden sollen. Auch wenn der Boss nicht gern tut, was man ihm sagt, doch unter gegebenen Umständen nimmt er die Möglichkeit gerne wahr.

Flott und geschickt packen sie ihre Leute in die Autos. Wenn sich einer nicht mehr bewegt, kommt er in den Kofferraum. Das Feld ist schnell geräumt und ebenso schnell sitzen die Gangster startbereit in den Autos.

Schon im nächsten Augenblick verschwindet die Kolonne rasch in Richtung Süden.

XXV.

Jetzt, wo eine seltsame Ruhe Einkehr gefunden hat,
schlendert der alte Mann um die Ecke. Er ist sichtlich
erschüttert vom Anblick. Dieser Lärm, die Lautstärke und
die gesamte Situation – er hat sowas schon erlebt.

Als er vorsichtig auf das Schlachtfeld geht, ruft der Wirt.
»Die haben meine Frau erwischt!«
Der Alte ist abgelenkt.
»Was?«
»Komm her!«
»Einen Moment! Ich komme gleich.«
Suchend geht er weiter, bis er vor der Leiche des
Bürgermeisters steht. Er hält inne und sieht in das
kaltbleiche Gesicht. Er hat einige Kugeln abbekommen und
hält die Pistole in der rechten Hand.
»Dieser Narr …«
Der Alte kniet sich zum Toten hinunter, prüft den Puls.
Nichts. Bereits seit Minuten. Dann durchsucht er seine
Taschen.

Ein paar Schritte weiter liegt der Koch dort am Boden, wo
er vorhin in Deckung gegangen ist und sich immer noch die
Ohren zuhält. Langsam versteht er, dass der Spuk vorbei sein
muss, dreht sich auf die Seite und kämpft sich hoch in den
Stand. Dann entdeckt er den alten Mann, der über dem
Bürgermeister kniet.

Bamberg versucht, die Lage unter Kontrolle zu bekommen.
Er zeigt auf einen Verletzten und weist einen der fitteren
Kollegen an.

»Sieht zu, dass er stabil bleibt. Ist bei dir alles in Ordnung?«

»Ja, Herr Oberst!«, entgegnet der Kollege und wendet sich hurtig dem Verletzten zu.

Bamberg nickt und widmet sich wieder dem Schlachtfeld. Er atmet tief durch. Er kennt solche Szenen aus den Ausbildungen und hat sich hin und wieder in gefährlichen Situationen wiedergefunden. Doch was hier gerade tatsächlich geschehen ist, ist für ihn kaum zu realisieren. Dafür kann man auch schwer üben.

Langsam geht der Koch über das Schlachtfeld, nähert sich dem alten Mann und murmelt vor sich hin.

»Du bist bös! Bös bist du!«
Der Alte schnappt sich schnell die Pistole des Bürgermeisters, verdeckt diese als er aufsteht, um zu beobachten, was der Koch als nächstes vorhat.

»Was sagst du?«
Der Koch starrt ihn mit Wut in den Augen an, die der Alte nicht ernstnehmen kann. Er will den Armen wegschicken.

»Es ist gefährlich hier, verschwinde!«
Der Koch aber kommt noch näher.

»Komm jetzt, geh zu den Wirtsleuten!«
Kurz lässt er den Koch aus den Augen, um ihm die Richtung zu weisen und verpasst, dass der Koch seinen Arm ausstreckt und plötzlich ganz nah bei ihm steht.

Zuerst ein kleines Brennen in der Bauchgegend, der Alte atmet ruckweise und weiß nicht gleich, was ihm widerfahren ist. Entsetzt sieht er dem Koch endlich ins Gesicht und Tränen, die ihm über die Wangen perlen.

Endlich versteht der Alte, was los ist. Er schaut nach unten und sieht das große Küchenmesser, das der Koch fest in seiner Hand hält und zugleich bis zum Anschlag im Bauch des Alten steckt. Er blickt dem Koch fragend in die Augen.

»A guate Tat, hebt a schlechte auf«, meint der Koch und lässt das Messer los.

»Was …?«, kommt schon fast wimmernd aus dem Alten heraus, er sieht sich um. »Warum?«
Der Koch kommt wieder näher und flüstert ganz leise in sein Ohr.

»Für die Kinda. I hob mi um sie kümmern müss'n.«

Oberst Bamberg sieht aus einiger Entfernung, dass die beiden miteinander reden.

Der Koch packt dann aber wieder das Messer, so fest er es halten kann.

»I hob senen den Bauch aufg'schlitzt.«

Der alte Mann wirkt sichtbar ängstlich, spürt bereits, dass der Koch das Messer immer stärker umfasst. Gezeichnet von der Vergangenheit windet sich das Gesicht des Koches und er fängt langsam an, das Messer genauso im Bauch des alten Mannes zu winden.

Ruckweise stößt die Klinge durch Gedärme und Innereien. Der Alte bewegt sich nicht, erträgt diese Schmerzen lautlos. Macht keinen Mucks. Sieht den Koch mit großen Augen an, dessen Gesicht wiederum mit Tränen überzogen ist.

»… sie vaschwind'n lossen müss'n …«

Der alte Mann kann sich nicht mehr aufrecht halten, bricht zusammen und fällt auf die Knie.

»… vaschwind'n lossen …«

Der Koch zieht das Messer aus dem Bauch des Alten, der stark blutend nach hinten umkippt. Bamberg versucht immer noch zu erkennen, was dort gerade passiert. Der Alte liegt am Boden und rührt sich nicht. Bamberg wendet sich an einen Kollegen.

»Gib mir deine Pistole! Schnell!«

Der Koch kniet jetzt neben dem alten Mann, setzt das Messer neu an seiner Brust an. Der Alte atmet mittlerweile kaum mehr und stirbt sehr still vor sich her.

Wild hebt der Koch sein Messer hoch und presst angestrengt die Wahrheit aus sich heraus.

»Koch'n!«

Mit Schmerz im Gesicht presst er den Messerrücken mit beiden Händen an seine Stirn, die Klinge nach wie vor auf den Alten gerichtet. Er weint, seine Gefühle überschlagen sich innerlich und über sein mehr und mehr verzerrtes Gesicht. All das, was er an Gefühlen, Erinnerungen und Schmerzen über Jahrzehnte ertragen und verdrängen musste, bricht aus ihm heraus wie ein unheilvoller Vulkan ausbrechen würde.

Er hebt das Messer hoch in die Luft. Bamberg sieht das und rennt mit der Pistole in der Hand zur Unglücksstelle.

Ein lauter Schrei des Koches in den Himmel. Angespannt ist er und wie ein Tier, das über dem Alten lauert wie ein Jäger über seiner Beute. Er wartet auf ein Zeichen, doch Geduld war auch nie seine Stärke.

Der alte Mann liegt vor ihm, sieht die Klinge über sich schweben und weiß, dass es nun ein Ende finden wird. All die Jahre. All die Leben. Selbst in diesem Moment empfindet er keine Reue. Die Macht des Stärkeren. Das Gesetz des Stärkeren. Das ist, woran er glaubt und weshalb er nun auch sterben wird.

»Koch'n!«

Schreit der Koch hinunter auf den Alten, der plötzlich die Pistole in seiner Hand spürt.

»Koch'n! Koch'n! Koch'n!«

Mit extremer Wucht stößt er das Messer ohne sichtlichen Widerstand in die Brust des alten Mannes. Dieser bebt auf, als der Koch das Messer wieder herauszieht aus seinem Körper und blutig nach oben hält.

Die Schreie des Koches hallen durch das ganze Dorf. Der Alte am Boden hebt mit letzter Kraft die Pistole hoch und schießt dem Koch in den Hals. Wieder ein Hall. Ein Schuss. Die Leute gehen in Deckung. Bamberg bleibt auf halber Strecke stehen.

Bewegungsunfähig kippt der schwere Körper mit hoch gerichtetem Messer nach vorne und trifft dabei mit der Klinge den Hals des Alten als hätte der noch immer nicht genug. Der Koch bleibt leblos auf seiner Brust liegen und wundert sich in seinen letzten Sekunden. Hat er nicht gerade etwas Gutes getan? Warum wird er mit dem Tod bestraft? Waren seinen Taten womöglich zu böse gewesen und nun muss auch er dafür bezahlen?

Er verdreht seine Augen geradewegs hoch in den Himmel. Dorthin, wo er hofft, dass er den Pfarrer wiedersehen wird. Wenn er denn hinein darf, ins Paradies. Gehört hat er viel davon. Und bereuen tut er auch. Vieles. Alles. Vielleicht sein ganzes Leben. Oder war er nur der Dumme, der für die Anderen die Drecksarbeit gemacht hat? Folgsam wie ein Hund. Brav is er …

Hand in Hand mit diesen Gedanken schwindet sein Bewusstsein und geht verloren. Der regungslose Körper liegt da wie eine Hülle und ein Häufchen Elend auf dem alten Mann. Als ob sie gerade eingeschlafen wären. Neben dem Bürgermeister. Neben dem Pfarrer. Und irgendwie sind sie das auch. Gerade eingeschlafen.

Bamberg geht zugleich mit Jakob die letzten Schritte zu den Toten hin. Die Waffe löst er aus dem Anschlag.

Der Wirt hält abseits noch immer seine Wirtin in den Armen. Sie beide blicken leer auf das Schlachtfeld und in das Geschehen. Sekunden zuvor hat sich der Wirt gefragt, was er denn tun würde ohne seine Wirtin. Wenn sie jetzt auch einschläft und nie wieder aufwacht. Was er denn tun würde. Ohne sie.

Die Café-Besitzerin atmet laut und angespannt, während sie am Fenster steht und obwohl es draußen ruhiger scheint, kann sie sich weder bewegen noch ihren Blick abwenden. Endlich herrscht Ruhe in ihrem Kopf. Ihr fehlen gerade die Worte. Das kommt eigentlich nie vor.

Abseits sitzen Reporter Kitz und sein Kollege mit dem Rücken an der Hauswand. Sie blättern gerade die Bilder auf der Kamera durch und beide starren, ohne zu blinzeln, auf den kleinen Monitor. Einerseits begeistert von dem Potenzial der Fotos und darüber, dass Kitz damit berühmt werden könnte. Wer hat schon so eine Chance in einem Reporterleben?

Andererseits ist ihm mit einem eiskalten Hauch über seinem Rücken klar, dass er genauso gut tot vom Dach hätte fallen können. Dann wäre er Teil der Story gewesen. Diese Mischung aus Hochgefühl und dem Echo aus Angst verknotet seinen Magen. Er atmet tief durch, um diesen wieder in Normalzustand zu bringen.

In Auto neben dem Gangsterboss sitzt auch der Gangster, der die letzten Tage mit Jakob verbracht hat. Er schnauft noch vor Aufregung, doch langsam beruhigt sich auch sein Geist. Die Erinnerungen an seinen Kollegen auf dem Metalltisch und die Verrückten aus dem Dorf um ihn. Er stellt sich vor, dass er es sein hätte können. Bestimmt hat nicht viel gefehlt.

Der Gangsterboss ist immer noch wütend, während er in eine friedliche Landschaft blickt, die draußen vor dem Auto vorbeizieht. Sie spiegelt in seiner dunklen Brille, der Boss bewegt sich keinen Millimeter. Gedankenversunken. Was ist da gerade passiert? Was hat das zu bedeuten. Und vor allem, wie will er das wieder grade biegen. Oder einfach unter den Teppich kehren. Und was ist mit den Polizisten? Was mit seinen toten Kollegen? Viel kommt auf ihn zu. Viel wird sich ändern.

Der dunkelhaarige Prolet läuft noch immer. Und läuft. Und läuft. Er ist im Irgendwo, im Wald und hat selbst nur eine ungefähre Ahnung davon, wo. Ein grausames Gefühl jagt ihn. Seine Vergangenheit ist hinter ihm her. Alles, was er gemacht und alles, was er gesagt oder nicht gesagt hat. Zum ersten Mal erkennt er Konsequenzen seiner Taten und was sie bedeuten haben.

Und auch wenn es sich oft so angefühlt hat mit den Messern und den Pistolen, als wären sie erhaben gegenüber allem und selbst dem Leben. Sie waren es in Wirklichkeit nie. Mit einem Ruck fällt sein schwarzer Umhang wie eine Maskerade und mit der Hoffnung, seine eigene Geschichte damit loswerden zu können.

Der alte Mann liegt nach wie vor unter dem schweren Körper des Koches, das Messer im Hals. Regungslos und doch am Leben. Zumindest ein wenig.

Wie viele Jahre sind vergangen, denkt er sich, als er das erste Mal hier entlang ging und dann entschlossen hat, zu bleiben. Er sieht es als Ironie, dass er nun hier liegt und langsam und einsam an seinen Wunden eingeht. Er schluckt. Sein Blut geht über dem Loch im Hals und seinem sterbenden Körper heraus.

Ironie, weil er das Ende kommen sah. Das Spannende dabei war, wie lange es andauern und wie es enden würde. So hätte er sich das nie ausmalen können. Ironie auch, weil nicht an ihm vorüberging, dass die Menschen, deren Leben er verlängerte, sich zunehmend verändert haben.

Sie werden ruhiger, sie werden stärker. Zumindest eine Zeitlang. Zugleich fühlen sie sich selbst immer weniger. Nur der Neid, der wird stärker. Je mehr fremdes Leben in ihnen war, desto größer wurde die Angst, es bald wieder zu verlieren. Als ob man es ihnen wieder wegnehmen würde. Und als wäre das Leben, das man injiziert, nicht mehr vollwertig. Das eigene Leben wird zwar verlängert, aber die Freude daran – die wird nicht übertragen. Sie geht mehr und mehr verloren mit jedem weiteren Aufschub.

Er hat das schon früh bemerkt. Vor Jahrzehnten. Hat es aber auch gut und gerne ignoriert und wollte sich selbst nicht eingestehen, dass auch er sich sehr veränderte. Das liegt schon so lange zurück. Lange bevor er hier gelandet ist. Vor dem Krieg, zumindest dem Zweiten. Er war so lange am Leben, hat so vieles gesehen und vor allem erinnerte er sich an eines: Dass die Menschen rund um ihn sterben und mit ihnen seine Lebensfreude.

Angenommen, man hat in einem Leben einhundert Prozent an Dingen, die man erleben kann. Doch trickst man das Schicksal aus, verlängert diese Lebenszeit. Der Inhalt, der von dem Zeitpunkt aus noch übrig ist, wenn noch einer übrig ist, muss deshalb langgezogen werden. Wie eine mit Wasser gestreckte, immer langweiliger schmeckende Suppe.

Ja. So kommt es ihm vor. So muss es sein. Vielleicht wäre es auch besser gewesen, zur richtigen Zeit zu sterben und das Leben bis dahin auszukosten. Das konnte er aber nicht. Er wollte es einfach nicht loslassen, weil er überzeugt war, dass er Besseres verdient hätte.

Jahrzehnte vegetierte er vor sich hin und so wenige Erinnerungen davon hat er in seinem Kopf behalten. Ein Buch mit hunderten Seite und nur wenigen Worten auf jedem einzelnen Blatt. Nun liegt er da auf der Straße und stirbt. Nicht zum ersten Mal. Doch wohl zum letzten Mal.

Streng versucht er nachzudenken, was er denn bereut. Was er anders gemacht hätte. Was er seinem Schöpfer sagen will, wenn er ihm bald gegenübersteht. Viel fällt ihm nicht ein. Wird er sich rechtfertigen müssen? Dann hat er sowieso ein Problem. Man weiß es ja nicht. Lebenssaft gurgelt seinen Hals hoch.

Konzentrieren ist jetzt schwer. Schwer ist es auch, einen Gedanken zu halten. Oder die Augen offen. Schlafen. Das wär schön.

Und das tut er jetzt auch.